R. P. Ritter

Düstere Geschichten II

Bibliografische Information der Deutschen Nationalbibliothek:

Die Deutsche Nationalbibliothek verzeichnet diese Publikation
in der Deutschen Nationalbibliografie;
detaillierte bibliografische Daten sind im Internet über
http://dnb.dnb.de abbrufbar.

© R. P. Ritter   2020

Herstellung und Verlag:

BoD - Books on Demand, Norderstedt

ISBN: 9783751969970

Schlaf schön, schlaf, meine Kleine.

Inhalt

Vorwort

Der Erfolg und die Rückmeldungen zu meinen ersten düsteren Geschichten haben mich, ehrlich gesagt, ziemlich überrascht und er war Inspiration für mich, meine Lesergemeinschaft an weiteren Erlebnissen teilhaben zu lassen.

Auch in diesem Büchlein sind Vorkommnisse enthalten, die tatsächlich passiert sind, mir, oder anderen, so, oder ähnlich.

Die Recherche zu einigen Geschichten fand über viele Jahre statt. Manche entstanden ganz zufällig.

In vielen dunklen Nächten, aber auch an sonnigen Tagen habe ich geschrieben, in einem kleinen Hotel mitten im englischen Dartmoor, in den Schottischen Highlands und in meinem eigenen, verzauberten Garten.

Bedanken möchte ich mich bei Vanessa Pietsch (Lektorat), Andrew von der Lodge Avebury und Alan Grey für ein paar dunkle Nächte in uralten Gemäuern, voller Inspiration.

Herzlichst

R. P. Ritter

Ostholstein im August 2020

Have a nice hotel

Die hier von mir beschriebene Begebenheit ereignete sich in Schottland, etwa eine Stunde nördlich von Edinburgh.

Wie so oft hatte ich meinen Mann Daniel auf eine seiner Dienstreisen begleitet, welche ihn nicht selten in abgelegene Winkel der Welt führten.

Wir wohnten in einem neu erbauten, modernen Haus einer bekannten Kette, auf der zweiten Etage. Alte, geheimnisvolle Unterkünfte haben es mir eher angetan, dafür bietet so ein neues Hotel jedoch Annehmlichkeiten, wie einen Fahrstuhl, welchen man in den alten, plüschigen Häusern nicht immer vorfindet. Mit einem Balkon waren die Zimmer zwar nicht ausgestattet, dafür präsentierte sich das Bad überaus geräumig. Ein sehr großes Doppelbett ließ auf ausgeruhte Nächte hoffen und die Bettwäsche - ein kuscheliger Traum. Eigentlich waren das gute Voraussetzungen für einen angenehmen Aufenthalt.

Mein Daniel schlief verständlicherweise nachts, während mir dies, wie leider üblich, weitgehend verwehrt blieb, trotz angenehmer, komfortabler Umgebung.

Wenn ich dann so gegen zwei Uhr morgens langsam müde wurde und mich endlich zur Ruhe begeben wollte, wurde ich Nacht für Nacht von jemandem gestört, der offensichtlich um diese Zeit erst nach Hause, das heißt, in sein Hotelzimmer zurückkehrte. Schweren Schrittes passierte er den Flur, vermutlich vom Fahrstuhl kommend. Jede Nacht hörte ich ihn über den flauschigen Flurteppich rumpelnd, um dann am Ende des Ganges den scheinbar an einem schweren Bund hängenden Schlüssel ins Schloss seiner Zimmertür zu stecken, geräuschvoll aufzuschließen und die Tür laut krachend zu fallen zu lassen.

Das begann irgendwann und geschah dann regelmäßig. Es störte mich gewaltig. Als ich wieder einmal gerade dabei war, mich in Schlafposition zu begeben, spürte ich instinktiv, dass ich schon auf ihn wartete und da kam er angeschlurft, mal schnaufend, mal vor sich hin murmelnd, sogar pfeifend, aber nie leise. Sein

11

Schlüsselbund klimperte, er rammte den Schlüssel ins Schloss und kurze Zeit darauf fiel die Tür zu.

Doch heute war es anders, denn heute fiel mir etwas auf. Das Hotel verfügte über eine moderne Schließanlage und die Zimmertüren wurden gar nicht mit Schlüsseln, sondern mit programmierten Karten geöffnet.

Das machte mich stutzig und ich wollte mich gleich am nächsten Tag darum kümmern.

Nach dem Frühstück lief ich den Flur ab, um nachzuschauen, in welcher der Türen es noch ein altes Schloss gab. Aus welchem Grund auch immer, war es doch möglich, dass eines der Zimmer nicht in die Schließanlage des Hauses integriert worden war.

Offensichtlich war dem nicht so. Überall fand ich die üblichen Schlitze für die Zimmerkarte vor.

Außerordentlich merkwürdig war das. Wenn es nur ein mal gewesen wäre!

Zweifelsfrei hatte ich die Geräusche jede Nacht gehört. Ganz genau und sehr deutlich. Demnach sollte mich kein Traum getäuscht haben.

Konnte ich jemanden danach fragen? Die Mitarbeiter an der Rezeption wollte ich mit meinem eigenartigen Anliegen eigentlich nicht behelligen. Vielleicht würde ich ja auch selbst dahinterkommen.

Aufgeregt erwartete ich die folgende Nacht.

Die Flure des Hotels waren mit einer Art Bewegungsmelder ausgestattet. Trat jemand aus dem Fahrstuhl, oder aus einem der Gästezimmer, ging das Licht in zwei Stufen an, zuerst etwas gedimmt, dann hell.

Ich lag auf dem Rücken und lauschte. Starker Wind brauste durch die spärlich belaubten Baumkronen der vor dem Hotel stehenden Buchen. Das Wetter war schlechter geworden. Auf dem Flur jedoch Stille. Der kleine Spalt unserer Zimmertür, zwischen Türblatt und Boden, war dunkel. Daraus schloss ich, dass sich niemand auf unserer Seite der Etage befand.

Die Augenlider wurden mir langsam schwer.

Plötzlich schien das Licht vor den Zimmern aufzuflackern.

Der eben noch schwarze Türspalt erhellte sich und schon waren die mir bekannten, dumpfen, schweren Schritte zu hören. Leise wie eine Maus verließ ich das Bett und legte mein Ohr an die Tür, als sich der unangenehme Ruhestörer direkt davor befand. Und da! Oh mein Gott! Was war das?

Er musste stehen geblieben sein. Ich hörte ein leichtes Klirren, das vermutlich von dem Schlüsselbund kam. Schweres Atmen konnte ich vernehmen, fast ein Schnauben, das jedoch mit einem mal angehalten wurde.

Es war, als würde die Person ebenfalls lauschen. Zwei, die nur durch dünnes Holz voneinander getrennt waren, aufeinander lauerten, die einer vom anderen wussten, doch sich nicht regten.

Nur die leichte Tür war zwischen uns. Ein etwas beängstigendes Gefühl! Stille kann gespenstisch sein. Wieso atmete der da draußen nicht? Mein Herz klopfte so sehr und ich hatte den Mund weit geöffnet, damit mein schnelles, aufgeregtes Luftholen nicht zu hören war.

Auf der anderen Seite nichts. Immer noch nichts. Nicht einmal mehr die Schlüssel klimperten. Nur die tiefen, regelmäßigen Atemzüge meines Mannes vom Bett aus und das unruhige Wetter außerhalb der Hotelmauern störten die Stille. Hatte sich die Person davongeschlichen? Vielleicht sollte ich es wagen und die Tür vorsichtig öffnen. Da konnte doch niemand mehr sein. So lange kann kein Mensch die Luft anhalten.

Sicher wäre der Flur ganz verlassen, wie meistens.

Einen Moment noch, dann würde ich die kalte Metallklinke herunterdrücken. Eins, zwei ...

In diesem Moment krachte es so stark von außen gegen das Holz, dass ich regelrecht hinweg geschmettert wurde und rückwärts auf das große Bett fiel, sogleich die Decke über mich ziehend, aus Angst, es würde jemand das Türblatt eintreten und hereinpoltern.

Mein Mann, den man normalerweise aus dem Bett tragen kann, ohne, dass er es bemerkt, drehte sich schwerfällig um.

13

„Was ist denn? Kannst du wieder nicht schlafen?", murmelte er. Ich brachte keinen Ton heraus und er begab sich zurück in die mir abgewandte Position, bereit sich noch ein paar Stunden Schlaf zu nehmen, die er auch brauchte, bei seinem anstrengenden Tagespensum im Beruf.

Ich zitterte ein wenig und spitzte die Ohren. Wie sollte der da draußen wissen (den gewichtigen Schritten nach zu urteilen ging ich davon aus, dass es keine *sie* sein konnte), dass ich hinter der Tür aufmerksam sein schlechtes Benehmen verfolgte? Gehört haben konnte er mich auf keinen Fall. So ein ungehobelter Kerl! Schnell wollte ich mir meinen Morgenmantel überziehen und verwickelte mich aufgeregt in den Ärmeln.

In diesem Moment setzte der Rabauke sich in Bewegung und stampfte davon. Ich hörte die Schlüssel und wie eine Tür alsbald mit Wucht geschlossen wurde. Ganz wie jede Nacht.

So sollte wieder ein Tag vergehen, bevor ich die Chance kriegen würde, mit meiner Recherche weiterzukommen. Ein Tag und eine halbe Nacht. Ein weiteres mal hatte ich alles auf dem Hotelflur abgesucht, das mit den seltsamen nächtlichen Vorkommnissen in Zusammenhang zu stehen nicht ausgeschlossen war. Hätte es doch nur irgend einen Anhaltspunkt gegeben!

Ich konnte kaum erwarten, dass der Tag zur Neige ging und hatte vorsichtshalber noch einen starken Kaffee nach dem Abendessen getrunken.

Kurz nach zwei Uhr ertönte das dumpfe Trampeln von Neuem. Dieses mal würde ich mutig sein. Ich würde wie selbstverständlich die Tür öffnen und den ganz sicher großen, schweren Mann bitten, demnächst doch etwas leiser zu sein, da er mich regelmäßig weckte, oder zumindest am Einschlafen hinderte.

Er kam näher. Ich hörte die behäbigen Schritte, als hätte er riesige Stiefel an. Es musste eine wuchtige Person sein da draußen. Gleich sollte er sich genau auf unserer Höhe befinden und ich wollte ihm ganz cool und überraschend gegenübertreten.

Mein Morgenmantel war fest mit dem Bindegürtel verschnürt und die Pantoffeln an meinen Füßen müsste ja wohl jeder um diese Uhrzeit entschuldigen.

Mit einem kurzen Ruck zog ich die Tür auf und rutschte fast aus meinem fluffigen Schuhwerk, als ich irritiert feststellte, dass niemand, absolut niemand auf dem Flur war.

Das sollte jetzt mal einer verstehen! Auch zu hören war nun nichts mehr. Erstaunt beugte ich mich vor, schaute nach links und rechts und zog die Tür wieder zu, überzeugt davon, dass da kein Mensch war. Nachdenklich schlurfte ich zurück ins Zimmer und setzte mich sprachlos auf das Bett. Was war das denn?

Die Lichtschranke hatte doch auch angeschlagen! Alles war, ganz genau so wie immer, zu hören gewesen und jetzt, als ich völlig perplex hier auf dem Bett saß - es hätte rätselhafter nicht sein können - stapfte die Person klar hörbar von dem Flurbereich genau vor unserer Zimmertür aus schnaubend und grummelnd weiter. Wie war das möglich?

Das Gepolter war haargenau wie sonst, die Schritte, das leise Klirren.

Unwillkürlich um mich blickend, konnte ich überhaupt nicht fassen, was sich hier gerade abspielte.

Sofort erhob ich mich. So einfach ins Bockshorn jagen lassen wollte ich mich nicht.

Ich umfasste den Knauf der Tür und öffnete sie so schnell ich konnte, um im selben Moment nicht weniger erstaunt zu sein, als bei meinem ersten Versuch, Kontakt mit dem nächtlichen Störenfried aufzunehmen. Sämtliche Korridorlampen waren an. Hell erleuchtet empfingen mich jedoch nur Stille und Leere des Hotelflurs.

Das konnte doch einfach nicht wahr sein! Ich trat aus dem Raum heraus. In keiner Richtung regte sich etwas. Da war nichts als verschlossene Türen, ein paar Bilder an den Wänden, hier und da ein Spiegel und Lampen an der Decke. Kein Zimmer in der Nähe stand offen.

Zu meinem Entsetzen verpasste mir in diesem Moment etwas aus dem Nichts einen kräftigen Schubser und ich fiel der Länge nach hin.

Nein, ich habe nicht angefangen zu schreien, wie wahrscheinlich jeder normale Mensch es in so einem Moment getan hätte. Ich versuchte, mich zusammenzureißen.

Nun erklärte sich, was ich seit zwei Tagen schon vermutete. Weil es so unglaublich schien wollte ich es mir bloß nicht eingestehen. Ich konnte es nur mit einem Geist zu tun haben, zumindest mit einem Unsichtbaren.

Ohne lange Überlegungen sah ich zu, dass ich ins Zimmer zurückkam und schloss die Tür bedächtig und fest hinter mir. Jetzt erst stellte die Angst sich ein und mein Herz schlug bis zum Hals. Der Atem ging mir so schnell, als hätte ich gerade einen Hundertmetersprint zurückgelegt. Die Tür nicht aus den Augen lassend, legte ich mich vorsichtig ins Bett unter die Decke. Vielleicht würde er wieder gegen die Türe treten, oder schlagen, so wie gestern.

Sollte ich meinen tief schlafenden Mann wecken? Hatte ich nicht Grund genug? Was aber sollte ich ihm sagen? Er würde mich für verrückt erklären. Außerdem musste er früh aufstehen und hatte sehr anstrengende Tage. Ich konnte und wollte ihm den Schlaf nicht nehmen, egal was da vor unserer Zimmertür passierte.

So lange er nicht von selbst wach wurde...

Mehr als eine halbe Stunde lauschte ich, auf der Suche nach einer Erklärung und mit der Frage im Kopf, was zu tun war, wenn wir sozusagen überfallen werden würden. Zäh verging die Zeit.

Meine Gedanken zogen Kreise, kehrten immer wieder zu dem Erlebten zurück, versuchten zu ergründen, doch ich dämmerte nur dahin und löschte schließlich ausgelaugt das Licht der einzigen kleinen Lichtquelle neben meinem Bett, einer Leselampe. Trotz der Ereignisse hatte mich die Müdigkeit übermannt. Was hier passierte war auf jeden Fall nicht normal und morgen wollte ich doch einmal vorsichtig an der Rezeption nachhaken, ob es so etwas hier schon einmal gegeben, sich jemand vielleicht beschwert hatte.

Offensichtlich war mein Mann von den Geschehnissen nun doch wach geworden. Gerade hatte sich ein schöner Traum meiner bemächtigt, ein Traum von grünen Wiesen und riesigen, bunten Blumen, als er zärtlich seine Hand an meine Wade legte, um sie dann am Knie und der Innenseite meines Oberschenkels entlang weiter hochstreifen zu lassen. Ich kann heute nicht mehr sagen was mich mehr verwirrte, das außergewöhnlich bedrückende Erlebnis das hinter mir lag, oder die ungewohnte Leidenschaft meines Mannes. Immerhin waren wir schon zweiundzwanzig Jahre verheiratet.
Ich genoss ihn, die Wärme und Vertrautheit zwischen uns.
Er hielt mich an den Händen fest, schien selbst vier oder fünf zu haben, und liebkoste mich mit Mund und Zunge. Sein flauschiges Haar und der Bart waren an jeder Stelle meines Körpers zu spüren, als wir ineinander verschlungen einem gemeinsamen Höhepunkt entgegen bebten.
Erschöpft und überaus glücklich sanken wir alsbald in die Kissen und ich schlief so tief und fest wie schon lange nicht mehr.

Als die auf Maximallautstärke eingestellte Harfenmelodie der Mobilephone-Weckfunktion erklang, bewegte sich Daniel nicht einmal. Kein Wunder dachte ich, ihm fehlte an der gewohnten Schlafdauer diese wunderbare Liebesstunde, die uns beide so betört hatte, dass alles wie neu war. Ich beugte mich zu ihm herüber und küsste ihn zärtlich.
Langsam rappelte er sich in den Tag.
„Mhmmm. Jaja, ich steh' ja schon auf!" Ohne meine Lieb-kosungen zu erwidern, oder mich auch nur eines Blickes zu würdigen, sprang er wie jeden Morgen aus dem Bett und ver-schwand im Bad.
Er zog sich an, ohne Kommentar und auch der Abschied war wie gewohnt. Ein Küsschen und gut.
„Mach dir einen schönen Tag, Schatz."

Ich wusste nicht was mich mehr beschäftigte, als er gegangen war. Die Begegnung mit einem Geist letzte Nacht auf dem Hotelflur, oder die Interessenlosigkeit meines Mannes an mir nach diesem wunderbaren Liebesakt während der frühen Morgenstunden.

Als ich mein Frühstück beendet hatte, setzte ich mich in die Lobby, um möglichst unauffällig zu beobachten, an wen aus dem Mitarbeiterteam ich mich wenden konnte, ohne mich lächerlich zu machen.

Eine um die Sechzigjährige schlanke Dame mit Brille schien mir die richtige Person zu sein und ich fragte sie, ob ich sie für ein paar Minuten allein sprechen könnte. Sie bejahte und setzte sich zu mir. Ich erzählte ihr von meinen Erlebnissen, deutete zugleich zaghaft an, welch seltsames, nächtliches Abenteuer auf unserer Etage mich verstörte. Sie hörte aufmerksam zu und ich hatte fast den Eindruck, dass Miss Marple vor mir saß. Wahrscheinlich war die Frau unbewusst auch deshalb von mir ausgewählt worden.

Die Mitarbeiterin, auf deren Schild Wilma Saunders stand, blickte mit gesenktem Kopf über ihre Brille hinweg und sah mich bedächtig an. Sie fragte nicht nach und ließ mich reden, doch ihr ernster Blick legte die Vermutung nahe, dass sie mich ein bisschen für verrückt hielt.

Deshalb sah ich es als angebracht an hinzuzufügen, dass mir derartiges nie zuvor passiert war und ich auch niemals eine Veranlassung hatte, einen Psychiater aufzusuchen. (Nun gut, es gibt immer ein erstes mal.)

Anders als erwartet jedoch reagierte Misses Saunders.

Sie nickte lange, sagte aber erst einmal nichts. Nach einem tiefen Atemzug begann sie zu reden und nahm mir als erstes das feste Versprechen ab, kein Wort über das zu verlieren, was sie mir sogleich zu berichten versprach.

Ich versicherte ihr, dass ich keiner Menschenseele etwas verraten würde, ließ aber die Option offen, dass wir ganz sicher das Hotel wechseln müssten, sollte sich herausstellen, dass es hier spukt.

„Nun ja. Leider muss ich Ihnen mitteilen, dass Sie mit Ihrer Vermutung richtig liegen. Scheinbar geht es wieder los. In der letzten Woche hatte eine Dame bereits das zweifelhafte Vergnügen, woraufhin diese Herrschaften natürlich Hals über Kopf abgereist sind."

Misses Saunders atmete ein weiteres mal tief durch, zog die Schultern hoch, machte schmale Lippen und war offensichtlich peinlich berührt.

„Sie wissen ja, dass das Hotel ganz neu ist. Es wurde erst vor vier Monaten eröffnet."

Ich nickte nur und sie fuhr fort: „Zuvor hatte ein anderes Gebäude an dieser Stelle gestanden, ein altes Haus aus dem elften Jahrhundert, das zuerst als Gasthaus, dann als privater Palast für Gäste des Königs und später wieder als eine Art Hotel genutzt wurde.

Unglaubliche Dinge waren während vieler, vieler Jahre hier passiert. Der ehemalige Besitzer, es müsste der erste überhaupt gewesen sein, ein grober, schwerer Kerl, der gleichzeitig zur ungezügelten Lüsternheit neigte, hatte sich einst wiederholt des nachts einer adeligen Dame genähert, woraufhin ihr Mann den Wüstling erschoss.

Doch der alte Hauseigentümer hatte nicht viel Lust tot zu sein. Über mehrere Jahrhunderte kehrte er von Zeit zu Zeit zurück, wankte durch die Flure und gab sich dabei keine Mühe leise vorzugehen und den Schlafenden ihre Nachtruhe zu gönnen.

Den Berichten nach war es zudem häufig vorgekommen, dass er sich außerordentlich schändlich benahm und zu weiblichen Gästen ins Bett stieg. Das muss man sich einmal vorstellen! Mit einem Geist im Bett."

In diesem Moment wurde mir ein wenig flau im Magen und ich schluckte.

„Nun ja. Das Haus wurde dann abgerissen, ein Gebäude auf dem gleichen Grund erbaut und später dann dieses hier. Es waren Jahrhunderte! Anders wäre der Bau aber angeblich nicht genehmigt worden. Ob da etwas dran ist, oder ob Kostengründe eine Rolle spielten? Vermutlich war es ein Fehler die alten

Fundamente, inklusive Keller zu erhalten. Von Anfang an hatten Mitarbeiter des Küchen- und Reinigungspersonals ein eigenartiges Gefühl, wenn jemand die Treppe herabsteigen und etwas hochholen musste. Die Mädchen wollten nie allein gehen. Sie beteuerten, dass sie aus dem Nichts unsittlich berührt worden waren. Bei hellem Licht! Natürlich wurde alles mit modernster Technik, Elektrizität und allem Pipapo versehen in dem Neubau. Doch so sehr man auch suchte, niemand wurde dort unten in den alten Kellerräumen je gefunden!"

Ich lehnte mich in meinem Stuhl zurück. Meine Gedanken waren durcheinandergeraten. „Später auf dem gleichen Grund erbaut und Fundamente erhalten", wiederholte ich. Misses Saunders beugte sich mir entgegen und hielt sich den Zeigefinger vor den Mund. „Aber bitte. Kein Wort. Zu niemandem. Das wäre unser aller Ende hier. Wir brauchen unsere Jobs. Ich habe auch noch ein paar Jahre und ohne mein Einkommen geht es nicht und das Gespenst hat noch nie jemandem wirklich etwas getan. Bis auf das Gegrapsche und die nächtlichen Eskapaden."

Ich hatte gerade ganz andere Sorgen, bedankte mich ausgesprochen freundlich und wartete sehnsüchtig auf meinen Mann. Von ihm erhoffte ich mir die Ordnung meiner Gedanken.
Als ich ihn ohne lange Umschweife zu der letzten Nacht befragte, reagierte er, wie ich es kaum anders erwartet hatte.
„Wovon redest du Schatz? Du hattest einen ungewöhnlich unruhigen Schlaf, glaube ich. Ein paar mal habe ich dich stöhnen und wispern hören in der Dunkelheit. Bloß gut, dass das Bett so breit ist. Du musst heftig geträumt haben! Und deinen wilden Bewegungen nach zu urteilen hätte man vermuten können, dass du dich die ganze Zeit durch die Gegend wirfst. Aber du weißt ja, ich schlafe immer auf der anderen Seite und war eigentlich auch nicht wirklich wach."

Allein

Sie kommen.

Oh Mann. Jetzt ist es so weit. Ich höre sie kommen, noch weit unten, die Stimmen im Hausflur.
Laute Schritte auf der alten Holztreppe. Der Tross setzt sich in Bewegung. Die schwere, Haustür fiel ins Schloss.
Ich laufe hin und her und atme schneller. Hitze steigt in mir auf bis unter die Kopfhaut, wo sie nicht weiter kommt und sich deshalb in Kopf und Oberkörper verteilt.

Ob ich einfach nicht aufmache? Die Tür bleibt zu! Ich tu' wie immer, als wär' ich nicht zu Hause. Ich muss nur ganz still sein, ganz still. Dann gehen sie wieder, wie immer.

Genauso mache ich es. Ich halte mir den Mund mit den Händen zu.

Jetzt reden sie nicht mehr, doch höre ich, wie sie höher und damit näher kommen. Sie müssten schon in der ersten Etage sein. Wie viele es wohl sind?
Mein Ohr fest an die Wohnungstür gepresst, versuche ich zu erlauschen wie viele da kommen und wie weit sie schon sind.
Die Mutter sagt etwas, ganz leise. Mir scheint, sie weint.
Es raschelt und die alten, durchgetretenen Holzstufen im dunklen Treppenhaus knarren hin und wieder. Das Licht ist kaputt.

Ich schleiche zurück in die Küche, ganz leise, auf Zehenspitzen.
Ob ich noch einmal Duftspray versprühen kann? Damit sie nichts riechen.
Man könnte es riechen. Zwischen den Türritzen des Zimmers und der Küche, wo ich jetzt bin, ist ja eigentlich noch das Wohn-

zimmer. Und die Türritzen hab ich schon abgedichtet, mit feuchten Tüchern.

Ich sprühe schnell noch einmal. Waldduft steht auf der Spraydose. Ob das was bringt? Klar, es riecht nach Chemie.

Ich hätte etwas vor die Tür schieben sollen, einen großen Schrank kaufen können und davor damit! Ja! (Ich stelle mir vor, was ich alles hätte getan haben können, dann würde die Tür niemand sehen. Und niemand hätte etwas gerochen. Lavendel wäre gut gewesen, im Schrank, alles voll mit Lavendel. Ja!") Hab' aber überhaupt nichts getan.

Ich lausche. Sie kommen. Oh weh. Der kurze Ausflug in den Lavendelschrank ist abrupt beendet. Wieder höre ich ihre Stimmen. Auch der Vater ist dabei. Vielleicht sind es nur die Mutter und der Vater. Die können doch nicht ... die würden doch nicht ... Ich sehe das große Messer am Rand der Spüle liegen. Ich könnte wohl. Jaha!

Die Dielen knarzen. Jetzt sind sie schon vor der Wohnungstür. Ich höre sie murmeln. Mir ist schlecht. Es scheint, als würde mir gerade eine unsichtbare Kraft voll ihre Faust in den Magen rammen. Ich krümme mich. Meine Knie werden weich. Die sollen abhauen.

Es klingelt. So laut, dass ich mir die Ohren zuhalten muss. So laut! Sie waren schon so oft hier und ich hab' nicht aufgemacht. Das mache ich jetzt auch wieder so. Ich bin mucksmäuschenstill.

Wenn ich bei Vater und Mutter saß, haben die manchmal gefragt, wo ich war, weil ich nicht aufgemacht hab' und ich hab' dann irgendwas erzählt. Gelogen.

Ich halte mir abwechselnd Ohren und Mund zu. Bin ganz still. Die auch. Die wollen hören, ob sie was hören. Hier drin bei mir. Es klingelt noch einmal und jetzt klopft es auch. Die Sache wird bedrohlich. Ich schaue auf's Messer. Die Klinge ist zwanzig Zentimeter lang.

Es klingelt und klopft und sie rufen nach mir. Rufen meinen Namen. „Mach' auf!", sagen sie. Als ob ich zu Hause wäre.

Stille. Man horcht wohl an der Tür?

Oh Hilfe! Ein Schlüssel wird ins Schloss geschoben und jemand schließt auf. Ich sehe es nicht, ich klemme in der hintersten Ecke der Küche. Wieso haben die einen Schlüssel? Was mache ich jetzt? Wie soll ich es erklären? Erklären, dass ich nicht aufgemacht habe und ... das andere.

Zu spät. Sie stehen schon in der Küchentür. Der Vater, die Mutter und zwei Fremde.

„Warum machst du nicht auf, Sohn?", sagt der Vater böse und barsch. Seine Augenbrauen sind buschig und schwarz. Die Augen blitzen. Jetzt aber wird er mich nicht schlagen. Doch nicht vor denen.

Ich sage nichts. Mir ist schlecht. Hab ich nicht das Recht meine Wohnungstür nicht aufzumachen? Sie sollen weg, sollen verschwinden. Es fühlt sich an wie nackt sein, wenn die einfach so reinkommen. In eine Ritze will ich kriechen. Ach, wär' ich doch eine Maus! Oder eine Fliege. Ein Floh. Eine Milbe.

Die Mutter steht hinter dem Vater und sieht unglücklich aus. Sie hat verweinte Augen. Auwei. So schlimm? Sie kommt nicht und fasst mich nicht um. Sie tröstet mich nicht und streichelt mich nicht. Sie sagt nicht: „Mein lieber Junge." Gibt mir kein Geld.

Alle sehen sich so komisch um. Die beiden unbekannten Männer stellen sich vor. Ich höre nicht alles, was sie sagen. Mir ist so schlecht und in meinen Ohren saust es.

„Wir setzen uns erst mal hin", sagt dann einer der Fremden laut und alle setzen sich um meinen Küchentisch. Ich schaue durch das alte, hölzerne Fensterkreuz nach draußen. Es ist trist. Keine

Blätter mehr an den Bäumen, alles so grau und ich denke mich auf die Straße. Ach wär' ich doch draußen. Wieso war ich nicht draußen, als sie kamen? Weit weg.
Dann denke ich an das Klavier.

Ich weiß nicht, sie reden über dies und das und ich denke andauernd an das Klavier und dann an Kartoffeln, die stinken, wenn sie alt werden und an Schnecken, die kriechen und eine Schleimspur hinter sich herziehen, an Lavendelfelder und an Blut.

„Ich schau' mich mal um", sagt jetzt der eine und der Vater geht mit ihm aus der Küche. Was wollen die da jetzt? Ich geh' lieber mal hinterher und nun kommen auch die Mutter und der andere nach. Alle gehen ins Wohnzimmer.
Ich beobachte den fremden, großen Mann. Er schaut sich die Wände an. Der Vater steht daneben und wirft mir ganz komische, böse Blicke zu. Die Hände hat er in den Hosentaschen. Seine Strickjacke ist alt. Am Ellbogen ist ein Loch.

„Was haben wir denn da hinter der Tür?", fragt der Fremde irgendwie beiläufig, aber laut genug und der Vater verzieht den Mund, sieht mich an und atmet tief ein und aus.
Meine Lippen sind verschlossen. Vielleicht zittere ich ein bisschen. Die Mutter wimmert.

„Was hinter der Tür ist, fragt der Herr", sagt der Vater barsch und jetzt kommt der andere Fremde nach vorne. Er trägt einen Trenchcoat und lächelt mich freundlich an. „Ist da Ihr Schlafzimmer? Schlafen sie hier drinnen? Was sind das für Tücher da unten?"

Ich schüttele den Kopf. Ich da drinnen schlafen? Bei dem Gestank? Ich glaub' es wohl! Aber ich sag' ihm das nicht. Da steht mein Bett drin, ja und ein Schrank. Und das Klavier.
Schon so lange war ich nicht mehr da drin und weise auf das Sofa in der Ecke des Wohnzimmers hin, wo eine verwuschelte,

alte Decke liegt und ein paar Kissen und auf dem ich seit ein paar Monaten schlafe.

Der Nette mit dem Trenchcoat lächelt immer noch. „Was ist denn hinter der Tür, hm? Haben Sie da einen Abstellraum? Bestimmt doch, oder? Einen Abstellraum."

Ich nicke schnell. Ja! Ja! Ein Abstellraum. Genau. Nur altes Zeug da drin, ganz uninteressant.

Natürlich weiß ich was da wirklich ist, aber ich lasse mich nicht täuschen und sage nichts weiter.

Dass da ein Klavier steht. Es ist alt und die Tasten sind voller Staub. Alles ist staubig. Vielleicht ist es verstimmt. Abstellraum. Warum ist der so neugierig? Was wollen die überhaupt hier? Das sind doch meine ganz privaten Räume! Ich will alleine sein. Alleine mit

ihr,

auch wenn ich sie schon lange nicht mehr gesehen habe.

Einfach eine Wohnung mit einem Klavier.

Ein wunderbares Instrument, tief schwarz und ganz glänzend lackiert. Ich hab' selbst oft gespielt darauf. Allein. Allein, bis sie kam.

Ich schaue auf die Tür. Eine alte, hölzerne Altbauzimmertür mit zwei übereinander liegenden Feldern. Nichts Besonderes. Und doch so besonders. Wie würden sie gucken! „Ah!", und „Ach!", würden sie schreien! Ich weiß nicht, was mit mir ist. Ich muss grinsen. Ich muss grinsen und dann muss ich lachen, weil ich mir ihre Gesichter vorstelle, wenn sie sehen, was hinter der Tür ist. Ha! Blöd und noch blöder würden sie glotzen. Das wäre ein Spaß!

Ich weiß, was Ihr nicht wisst. Den Moment koste ich aus. Und meine Augenlider werden schwer.

Hinter der Tür sitzt nämlich sie. Am Klavier. Sie spielt nicht mehr, okay, aber sie sitzt immer noch da. Soll ich es ihm sagen?

Kann ich doch nicht. Nönönö. Ich sag' gar nichts. Das wäre ja nur der halbe Spaß. Vielleicht stelle ich mich vor die Tür und sage: „Da ist nichts weiter drin." Und gut is'.

Ich glaube, Schweißperlen stehen auf meiner Stirn. Ich weiß es nicht. Alles ist flau und ich spüre den Boden unter mir nicht mehr. Und ich habe diesen Lachreiz in der Brust.
Aber auch Angst. Das Atmen fällt mir schwer. Sie werden sie mitnehmen. Dann bin ich wieder allein.

Sie sitzt da am Klavier. Wie oft hatte ich ihr zugehört und ihr Spiel genossen. Sie war so schön, wenn sie spielte, die schlanken, langen Finger auf den Tasten, ihr glitzernder Ring am rechten Ringfinger, die goldene, feine, zarte Halskette, der schlanke Hals, das lange Haar, die Augen auf die Tasten gerichtet. Ich liebte sie so sehr. Stunde um Stunde saß ich neben ihr und hörte zu. Wir küssten uns und sie sagte, sie würde für immer bei mir bleiben. Ihr Duft war so herrlich, ganz anders als jetzt. Von Zeit zu Zeit stand ich am Fenster hinter ihr, wenn sie spielte. Sie bediente und verwöhnte das Instrument und ganz fein spielte ihr ganzer, wunderbarer Körper. Auf dem Klavier, mit dem Klavier und mit mir.

So zart. So fein und süß. Für immer wollte sie bleiben. Und sie spielte nur für mich. Für mich ganz allein, jede Note, jeder Ton. Jedes Lied ein Liebeslied. Ich war gefangen. Wie schön das war. Und sie wollte für immer bleiben, wir wollten für immer zusammen sein.
Ich gab ihr zu essen. Ich gab ihr zu trinken. Ich streichelte sie, ihren Nacken, ihr Dekolletee. Ihr Haar nahm ich zusammen und küsste den Hals. Sie lächelte mich an, rieb ihre rosige Wange an meiner Hand.

Doch dann wollte sie auf einmal nicht mehr bleiben. Sie müsse weg, sagte sie, man warte auf sie. Sie müsse jetzt gehen. Sie würde ja wiederkommen. Ganz sicher, schon morgen.

Ich glaubte ihr nicht. Verschwinden wollte sie und nicht wieder kommen, oder sie würde für einen anderen spielen. Warum wollte sie sonst gehen?

Wer wartete auf sie? Ihre Eltern, sagte sie bestimmt. Ich glaubte ihr nicht. Sie war doch schon sechzehn.

Nein! Aufstehen und das Klavier verlassen, das ging nicht, aber sie wollte. Ich hielt ihre Arme fest umschlungen, sie wand sich. Sie wollte weg und ich würde sie nicht halten können. Bleib!

Ich konnte sie überreden und sie spielte weiter, aber sie sah mich so anders an und sie wollte nicht mehr geküsst werden.

Sie spielte, doch hatte keine lieben Blicke mehr für mich und lächelte nicht mehr. Ihr Spiel war jetzt anders, lieblos. Hektisch und unkonzentriert. Ich nahm an, ihre Gedanken waren bei jemand anderem. Bei dem, für den sie viel lieber spielen würde, jetzt, wenn sie ging, wegging von mir.

Sie saß da, aber spielte nicht. Ich stand hinter ihr und als ich meinen Arm um sie legte, wehrte sie sich und wollte nicht geküsst werden. Nein. Sie war auf einmal stark, die Finger nicht mehr auf der Tastatur, stieß sie mich mit dem Arm. Ich packte zu. Da begann sie zu schreien, stand auf und eilte hinaus, raus aus dem Zimmer mit dem Klavier, durch mein Wohnzimmer hindurch in die Küche. Und da war doch gleich das Treppenhaus! Die Tür war verschlossen, aber …

Man konnte sie hören im Haus. Sie rannte vor mir weg, vor mir! Zum Klavier zurück und schrie immer lauter und da nahm ich das Messer und sie wurde ganz still.

Ich setzte sie wieder auf ihren Stuhl, legte ihre Hände auf die Tasten, sah, wie sie jetzt ganz friedlich ausschaute.

Lange lag mein Blick auf ihr und es war schön, dass es nun wieder so behaglich war hier. Still und sehr intim. Ich liebte sie. Sie liebte mich.

Langsam ging ich aus dem Zimmer und verschloss die Tür.

Sie blieb.

Später kamen Leute und fragten nach ihr, aber ich sagte ihnen nicht, dass sie noch da war, weil sie ja nur für mich gespielt und es versprochen hatte und weil sie jetzt sowieso ganz still war. Keine Schreie mehr. Auch kein Klavierspiel.

Ich sehe, dass die Tür geöffnet wurde. Oho! Bewegung im Zimmer. Die beiden Fremden haben Tücher und halten sich damit die Nasen zu. Da sind Fliegen, eine ganze Menge. Die Männer schreiten nacheinander ins Zimmer zum Klavier. Ein lautes Stöhnen. Ich schlage die Hände vor die Augen. Die Mutter schreit: „Oh Gott! Oh Gott!"
Der Vater hat nur einen Blick ins Zimmer geworfen, stürmt auf mich zu und schlägt mir mit seinen Fäusten ins Gesicht und überall hin. Die Arme vor dem Kopf versuche ich mich zu schützen. Man ist der wütend!
Er kann nicht aufhören. Es tut so weh. Mein Blut auf dem Boden. Es tropft mir aus der Nase. Knallrote Kreise bilden sich auf dem Linoleum.
Aus dem Augenwinkel unter dem schlagenden Vater sehe ich, dass die beiden Fremden am Klavier stehen und sie genau begutachten. Einer zieht das Telefon aus seiner Manteltasche. Der andere reißt den Vater von mir weg.

Ja, da sollen sie mal sehen. Sollen sie sehen wie es mir geht hier die ganze Zeit.
„Mir ist schlecht!", schreie ich auf einmal. Der Vater ist zusammengesunken und weint laut. Die Mutter weint leise in der Ecke und wimmert. Ihre Hände vor den Augen.
Mein Blut tropft. Der eine gibt mir ein Tuch zum Abwischen.
Alles ist anders.

Die beiden machen an ihr rum. Das Telefonat scheint beendet zu sein. Sie sieht wirklich nicht mehr gut aus, nein. Da sind auch Spinnenweben. Und die Fliegen. Man man.

Ich interessiere hier keinen mehr, wie's scheint. Wie es mir geht. Dass es mir seit Wochen schlecht geht, hier in dem Gestank und vor lauter Sorgen, interessiert keinen von denen.

Die machen nur an ihr herum. Gucken hier, gucken da. Trallala. Tze. Dabei ist sie futsch, die Schönheit. Die war nur für mich.

Für Euch spielt sie nicht. Für keinen mehr. Und das Klavier ist auch kaputt, ihr Deppen.
Sie spielte nur für mich, die Schöne. Nur für mich allein und sie wollte für immer bei mir sein. Doch dann wollte sie nicht mehr und ich musste ihr dabei helfen, zu bleiben.

Novemberhimmel

„I will see you in the light of a thousand suns
I will hear you in the sound of the waves
I will know you when I come, as we all will come,
through the doors, beyond the grave."*

Ich lese die Inschrift auf dem Grabstein, vor dem ich stehe. Den Text kenne ich. Es sind Zeilen eines Liedes von Beth Nielsen-Chapman, „Sand and water".

Wessen Grabstelle es ist, kann ich nicht erkennen und wem man gedenkt mit diesen trostreichen Worten der Hoffnung auf ein Wiedersehen. Die Schrift ist verwittert, verwischt und verschwommen.

Es ist Herbst. Mitte November. Die Farben düster, matschiger Boden unter meinen Füßen. Mein Blick erhebt sich von dem moosbewachsenen Granit in die Höhe zu dem unbelaubten Geäst der alten Rotbuchen, in dem hier und da eine Krähe sitzt, Friedhofs-Vögel mit hängenden Schultern, dunkelgrau wie der Himmel. Der leise Nieselregen stört mich nicht. Ich bin allein, vertraut traurig wieder einmal. Wohl auch deshalb zog es mich an diesen Ort. Der Friedhof liegt in Stille. An manchen Tagen liebe ich diese ewige Ruhe. Die Schwere der Gräber, die Gesellschaft der Toten um mich herum, auch, wenn ich sie nicht sehen kann.

Wieder zu Hause schließe ich die Haustür zu meiner niedrigen Eingangshalle und sehe den Brief auf den Holzdielen liegen.
Wo kam der Brief her? Hatte ich ihn übersehen?

---

* Ich werde dich im Licht von tausend Sonnen sehen. Ich werde dich im Rauschen der Wellen hören. Ich werde dich (er)kennen, wenn ich gehe (komme), wohin wir alle gehen (kommen) werden, durch die Türen, hinter dem Grab.

Ich hebe den Umschlag auf und drehe ihn um, so unbeschrieben und nicht einmal verschlossen, wie er ist.

Einladung für Kathrin

Zu einem besonderen Fest, einem einjährigen,
bist du herzlich eingeladen.
Wir holen dich ab am 14. November um 11 Uhr.
Bitte sei bereit und bring gute Laune mit.
Wir freuen uns auf dich.

Deine Omi

Was war das für eine Nachricht? War sie überhaupt für mich bestimmt? Gab es andere Kathrins in meiner Straße, in meinem Örtchen, von denen ich nichts wusste?
Meine beiden Großmütter waren lange tot. Eine hatte ich kaum kennen gelernt, so jung war sie verstorben.
Ich blicke noch einmal auf das Schriftstück, doch es enthält kein Erstellungsdatum. Möglicherweise hatte der Brief hier seit langem irgendwo versteckt gelegen, auf dem Regal in meiner Diele und war von einem Windzug heruntergefallen?
Ein 'einjähriges' ... War vor einem Jahr ein Kind geboren, oder handelte es sich um einen ersten Hochzeitstag?
Es ist mysteriös. Der Schrift nach zu urteilen könnte den Brief meine Oma Johanna geschrieben haben, Großmutter väterlicherseits und gestorben an einer Grippe im Alter von nur achtundvierzig Jahren.

Die Mutter meiner Mutter, Josephine, hatte ihr Leben lang in altdeutscher Schrift geschrieben, was ich kaum lesen konnte. Doch an Johannas Schrift erinnere ich mich nicht. Ich war zu klein, als sie starb. Wahrscheinlich war der Brief überhaupt

34

nicht für mich bestimmt und jemand hatte ihn versehentlich in meinen Postschlitz gesteckt. Entschlossen lege ich ihn zur Seite.

Und wenn er doch für mich sein soll?

Ich hänge meine Stola an den Haken, lege den Umschlag auf die kleine Kommode vor der Treppe nach oben und nehme den Weg in die Küche, um mir Wasser für eine Tasse Tee zu kochen. Doch dann bleibe ich am Küchentisch sitzen und beginne wieder zu grübeln.

Mir kommt der vierzehnte November in den Sinn und ich sehe zum Küchenkalender hinüber. Heute ist ja schon der zwölfte. Eine sehr knappe Einladung ist das, auch, wenn das Fest an einem Sonntag stattfinden soll.
Elf Uhr scheint mir reichlich früh. Vielleicht soll das Tageslicht ausgenutzt werden.

Den Brief noch einmal in meine Hände nehmend und ihn auf beiden Seiten betrachtend, kommt es mir auch seltsam vor, dass nur ich eingeladen sein soll. Mein Mann wird nicht erwähnt. So kann es sich um ein Fest der Verwandten meiner Seite handeln. Sie wissen vermutlich alle, dass Toni und ich seit langem keine glückliche Ehe mehr führen und nur noch nebeneinander her leben. Es tut mir weh, wenn er schlecht gelaunt nach Hause kommt und mich keines Blickes würdigt, aber ich habe mich daran gewöhnt.
Die Leute reden hinter meinem Rücken davon, dass er seit einiger Zeit eine Affäre mit einer seiner Kolleginnen aus der Versicherungsagentur hat. Einmal hatte ich ihn darauf ange-sprochen. Ich weiß noch, wie er sich umdrehte und mich vollkommen entgeistert ansah. Dann stocherte er in der Glut des Kaminfeuers herum, dass die Funken nur so flogen und grummelte wütend etwas vor sich hin, das ich nicht verstehen konnte. Den Feuerhaken warf er aggressiv direkt vor meine Füße auf die Fliesen, so, dass ich zur Seite springen musste. Fast hätte er mich verletzt.

Regelrecht Angst hatte ich bekommen und war schnell nach oben gelaufen.

Was wollte ich auch? Schließlich war ich es, die ihn fünf Jahre nach unserer Hochzeit betrogen hatte.

Ich räume ein wenig auf, obwohl es nichts aufzuräumen gibt. Gern würde ich etwas Musik hören, aber das Radio kann ich nicht einschalten, denn es ist immer noch nicht repariert. Seit einiger Zeit ist es kaputt.

Wenn kein Interesse mehr an einer Beziehung, einer Ehe, vorhanden ist, leidet auch das einst glücklich geführte Heim darunter.

Vom Küchenfenster aus sehe ich meine Nachbarin, die von der Arbeit kommt. Ich winke ihr zu, doch sie ist so in Eile, dass sie mich leider nicht sieht. Toni wird auch bald zu Hause sein. Ich will wegen des Radios mit ihm reden.

Die Zeit vergeht und mein Mann kommt nicht. Ist es jetzt schon so weit, dass er einfach weg bleibt? Nach ein Uhr lege ich mich ins Bett und warte nicht mehr auf ihn. Vielleicht schläft er schon bei seiner neuen Flamme. Ich mag es mir nicht vorstellen, doch was soll ich tun? Wir haben uns so voneinander entfernt. Wer könnte es ihm übel nehmen? Auch, wenn wir nie über Scheidung gesprochen haben, vermutlich läuft es darauf hinaus. Ich fühle mich matt und hilflos und bin furchtbar traurig.

Fast den ganzen nächsten Tag bleibe ich im Bett. Ein grauer, trister Novembertag. Wozu soll ich aufstehen? Toni sehe ich nicht. Ich sehe ihn nicht bis zum Sonntag, der als Festtag auf der Einladung genannt wird.

Ich nehme ja ganz ehrlich an, dass es sich bei dem Brief nur um ein Versehen, oder ein Ereignis aus längst vergangener Zeit handeln kann. Und doch lese ich die Zeilen auf dem Bogen Papier immer wieder. Mein Blick folgt jedem mit Tinte geschriebenen Buchstaben. Schließlich lege ich ihn zur Seite.

Mir geht es nicht gut in diesen Tagen. Ich weiß nicht, was es ist, eine Depression vielleicht? Es wäre gut möglich. Ein flaues

Gefühl macht mich schwach und leer und ich döse mehr oder weniger nur vor mich hin.

Das Haus kühlt aus. Ich fühle mich nicht wohl und überall stehen Gläser herum voller Wasser, das ich mir eingegossen, aber nicht getrunken habe. Ja, zweifelsohne trinke ich einfach zu wenig. Der Kopf tut mir weh. Ich muss es mir eingestehen. Ich vermisse Toni fürchterlich und frage mich, ob jetzt alles zu spät ist, ob wir es nicht noch einmal miteinander versuchen sollten. Ich liebe ihn doch noch. Wie konnte es so weit kommen? Warum reden wir kaum mehr miteinander?

Ich ziehe das Bettzeug zurecht und puste den Staub von meinem Nachtschrank. Am Nachmittag will ich einmal ordentlich durch putzen, wenn es mir etwas besser geht. Es ist bitter nötig. Ich habe lange nichts getan.

Wie so oft stelle ich mich ans Fenster und wie so oft spielen schon am Sonntagvormittag die Nachbarskinder auf der Straße vor dem Haus. Sie grüßen nicht, obwohl sie mich sehen. Den Blick auf mich gerichtet gehen sie davon. Wer weiß was ihre Eltern ihnen erzählt haben. Vermutlich sehe ich aber auch gruselig aus mit zerzausten Haaren und breiten Augenringen.

Die Wanduhr im Wohnzimmer schlägt elf mal. Ich kann es hier oben gut hören. Ein für mich stets beruhigendes Geräusch, keine Ahnung weshalb. Toni hatte die Uhr immer gestört, vor allem, wenn er sein Mittagsschläfchen hielt.

Der letzte Ton ist gerade verklungen, als ich eine kleine Gruppe von Menschen in unsere Straße einbiegen sehe. Das ist ungewöhnlich und sofort denke ich an meine Einladung.

'Wir holen dich ab.'

Noch kann ich die Gesichter nicht erkennen.

Teils sind ihre Blicke in die tristen Vorgärten gerichtet, teils scheinen sie in Gespräche vertieft. Ein eigenartiger Anblick. Doch ganz klar bewegen sie sich auf unser Haus zu. Ich schrecke zurück, bleibe ein Stück vom Fenster entfernt stehen und lausche. Ich bin mir nicht sicher, wahrscheinlich stimmt etwas

mit meinen Augen nicht, der Kreislauf wohl – jedenfalls scheint die Gruppe, die sich meinem Haus nähert, zu schweben.
(Morgen werde ich auf jeden Fall Doktor Mayer, meinen Arzt, aufsuchen.)

Es geschah wirklich. Man holte mich ab. Doch wer sind die da draußen?
Schon klingelt es. Soll ich öffnen? Langsam steige ich die Treppe hinunter. Gemurmel ist zu hören, ein kurzes Lachen, ein Hüsteln. Durch den Glaseinsatz in der Haustür sehe ich Bewegungen. Die können sich doch nur in der Adresse geirrt haben!
Langsam öffne ich die Tür und finde mich einer freundlich drein blickenden Frau gegenüber, die ich auf jeden Fall schon einmal gesehen habe. Sie muss aus dem Ort sein. Sofort ergreift sie das Wort, ohne, dass ich Fragen stellen kann.

„Hallo mein liebes Kind! Da sind wir. Bist du bereit?"
Ich sehe in ihr Gesicht mit den hellen blauen Augen und bin so gefesselt, dass ich nur ein müdes „Hallo" heraus bringe. Kenne ich sie nicht? Hat sie nicht die Augen meines Vaters?

„Sie ist noch nicht feeerrttiiig …", dreht sie sich um und ich sehe zum ersten mal in ein paar andere Gesichter. Eine Frau sieht aus wie meine Tante Lindi und da scheint auch Onkel Joseph unter den Leuten zu sein.
Schon ist die Blauäugige in meiner Diele, nimmt meine dicke Wollstola vom Haken und legt sie mir um die Schultern.

„Nun mach aber mal, meine Kleine. Wir wollen noch ein paar andere abholen. Also komm!"
Und schon bin ich draußen und schließe mich dem sich schnell in Bewegung setzenden Tross an.
Ich bin so schwach. Ganz sicher krank. Vielleicht wäre ich doch besser zu Hause geblieben. Doch ich habe keine Wahl. Es scheint ganz selbstverständlich, dass ich jetzt im Kreis der Gruppe von dannen ziehe. Und ich fühle mich wirklich unwohl, wenngleich ich auch gespannt und vor allem verwirrt bin. Und doch schei-

nen die Menschen mir vertraut. Es wird getuschelt und leise gescherzt.

Die Frau, die mich begrüßt hatte, geht dicht neben mir. Auf der anderen Seite eine andere, deren Gesicht ich nicht erkenne, weil sie eine Stola trägt, die sie weit ins Gesicht gezogen hat bei dem Wetter. Schließlich frage ich, wohin wir denn unterwegs sind und um was für ein Fest es sich handelt.

Sie lächelt mir zu. „Nun, wir holen erst noch ein paar andere Verwandte ab und dann gehen wir zu dir. Was dachtest du denn?"

Zu mir? Das verstehe ich nicht. Wir kommen doch geradewegs aus meinem Haus. Wer soll das denn begreifen? Ich werde abgeholt, um dann noch andere Leute aufzusuchen und mit ihnen gemeinsam zurück in mein Haus zu gehen, in dem ich für ein stattzufindendes Fest nichts vorbereitet habe.

Sehr seltsam, ausgesprochen unglaublich und wäre ich nicht so durcheinander, sollte ich mich schnellstens aus dieser eigenartigen Gesellschaft entfernen, ein mal mehr, weil mir einfällt, dass Tante Lindi und Onkel Joseph bereits verstorben sind.

Was hatte ich überhaupt zu Hause? Wann war ich das letzte mal einkaufen gewesen? Gab es genug zu essen und zu trinken? Hatten wir ausreichend Kerzen für die Leuchter? Das hätte man mir doch sagen müssen. Ein Jahr? Was für ein Fest soll das sein?

„Mach dir keine Sorgen", sagt die Frau neben mir wohlwollend. „Wir haben für alles gesorgt."

Kann sie etwa auch Gedanken lesen?

„Ist das Wetter nicht schön?", fragt sie dann und schaut nach oben in den wolkenverhangenen Himmel. Wenigstens regnet es nicht.

Von hier und da gesellen sich ein paar Leute zu uns, doch wir gehen so zügig, dass ich aufgrund meiner Schwäche Schwierigkeiten habe mitzuhalten.

Ich wundere mich etwas, denn wir passieren das Friedhofstor. Offensichtlich nehmen wir eine Abkürzung. Schließlich macht unsere Gruppe genau vor dem Grabstein Halt, vor dem ich vor ein paar Tagen erst gestanden hatte und wird mir schwarz vor Augen.

Als ich sie wieder öffne, erkenne ich unter der Stola der neben mir gehenden meine Großmutter Josephine. Und die Frau, die mit mir geredet hatte! Ja, ich kenne auch sie von Bildern. Es ist Johanna, die Mutter meines Vaters.

Feierlich bildet sich ein Halbkreis vor dem Grab. Alle Blicke scheinen auf mich gerichtet zu sein.

Ich habe keine Angst, doch der Kopf schwirrt mir. Was ist das hier und warum lächelt mich jeder an? Ich sehe Tante Rosi. Sie ist doch auch schon tot! Vor zwei Jahren war sie bei einem Motorradunfall gestorben. Mein Cousin Marc war gefahren und hatte sie als Sozia mitgenommen. Zum Glück überlebte wenigstens er.

Flüchtig blicke ich hinüber zum Grabstein, einem großen, dunklen Klotz mit goldener Schrift. Was steht da?

In Gedanken sehe ich die Kinder vor unserem Haus wieder. Ihre Blicke voller Angst. Und ich sehe Toni, wie er mir den Feuerhaken vor die Füße wirft. Er war wütend gewesen und hatte etwas von sich gegeben. Jetzt verstehe ich seine Worte.

„Scheiß Gespenster!", hatte er gerufen.

Mir wird noch übler, meine Beine geben nach. Die Luft bleibt mir weg.

Jemand fängt mich auf. Als ich in das fahle, alte Gesicht blicke, lächelt auch dieser Mann und sagt: „Hallo Kathrin. Ich bin dein Urgroßvater Heinrich. Schön, dich endlich kennen zu lernen."

Als ich wieder stehe, kommen meine beiden Großmütter auf mich zu. Josephine soll schon immer eine stille Person gewesen sein, aber Johanna scheinbar nicht, denn sie beginnt erneut mit mir zu reden. Es wird ein ernstes Wort.

„Kathrin! Merkst du es immer noch nicht?" Sie sieht sich um.

„Schau! Hier sind all deine Verwandten, mein Kind.

Deine *toten* Verwandten! Und was meinst du, weshalb du sie siehst? Hm?"

Ich schaue in die Gesichter. Man nickt mir zu. Ich erkenne einen meiner Großväter. Viele alte Leute und auch ein paar jüngere. Freundliche Gesichter, manche sind altmodisch gekleidet. Ich stelle Ähnlichkeiten fest. Über allem der verhangene Novemberhimmel.

„Kathrin", spricht meine Großmutter weiter. „Du bist seit einem Jahr tot. Schau auf den Grabstein!"
Ich tue wie mir geheißen. Langsam erkenne ich die Buchstaben, die noch vor kurzem für mich nicht sichtbar waren. Da steht mein Name.
Kathrin Jonas
1.5.1975 – 14.11.2019

Ich spüre Tränen und tiefe Trauer. Mein Leben! Es ist vorbei?
Und ich denke gleich an Toni.
Beide Großmütter nehmen mich in die Arme.

„Wir können es einfach nicht mehr mit ansehen, wie du in der alten Welt festhängst, Kind. Liebes Mädchen."

Beide liebkosen mich, küssen meine Wangen und drücken mich an sich.
„Es wird Zeit, dass du endlich in unserer Welt ankommst. Auch, wenn die meisten von uns schon etwas älter sind, wir haben es gar nicht schlecht. Oder?"
Sie schaut wieder in die Runde. Alle nicken, bejahen und sind offensichtlich froher Dinge.

„Und Toni?" Irgendwie kann ich mich so schnell nicht an so einen Gedanken gewöhnen. Wie könnte ich auch?
„Toni musst du in Ruhe lassen. Seine Zeit ist noch nicht gekommen. Du machst ihm Angst. Ständig schleichst du im Haus

herum. Er kann dich nicht sehen, aber er spürt doch, dass da etwas ist! So etwas sollte unsereiner nicht tun. Die Lebenden gehören zu den Lebenden und die Toten zu den Toten."

Ich höre Korken knallen. Woher die Gläser kommen weiß ich nicht. Eine prickelnd perlende Flüssigkeit (Ist es etwa Champagner?) schwappt über die Ränder. Die Runde lockert sich. Ich höre laut meinen Lieblingssong.
„Komm Kathrin, ich stelle dir erst einmal alle vor. Die meisten von uns kennst du noch gar nicht."

Die Wärme meiner beiden Großmütter ist überwältigend. Die Wärme aller ist es. Ich spüre die Liebe. Die Herzlichkeit. Meine Familie. Und mit einem mal fühle ich mich so viel besser als jemals zuvor. Ich bin glücklich und endlich angekommen.

Avebury

Östlich von Bath, in der Grafschaft Wiltshire in England, liegt das Dörfchen Avebury.
So mancher wird noch nicht davon gehört haben, dass sich hier einer der größten Steinkreise der britischen Inseln befindet.

Die Anlage besteht aus einem großen und zwei darin befindlichen, kleineren Steinkreisen sowie einem den äußeren Kreis umgebenden Wall, dessen Bedeutung bis heute nicht sicher geklärt werden konnte und der viel älter ist, als die Kreise selbst.

Innerhalb des Walls umfasst das größere, der magischen Bauwerke mit achtundneunzig Steinen eine Fläche von etwa fünfzehn Hektar. Zwischen den zwei kleineren Steinkreisen, einer im Norden, der andere im Süden, verläuft eine Achse, die auf den Sonnenaufgang am Mittsommertag, dem einundzwanzigsten Juni, ausgerichtet ist. Zählt man die stehenden Steine in den Steinalleen dazu, wird man insgesamt auf mehr als sechshundert kommen, die um 2.600 v. Chr. nach Avebury transportiert und dort aufgerichtet worden waren. Eine sehr beachtliche Leistung, wenn man bedenkt, dass einige der Steine mehrere Tonnen schwer sind und dass man von heutigen Möglichkeiten hinsichtlich der Transporttechnik damals nicht sprechen konnte.

Nach wie vor ist nicht sicher bewiesen, wie die Steine über unglaublich weite Entfernungen bewegt worden sein könnten.
Es wird vermutet, dass dies nur in frostigen Winterzeiten möglich war, da es nur bei solchem Wetter gelang, das schwere Gut über vereiste, oder verschneite Flächen zu ziehen.

Ich buchte eine Nacht für meinen Mann und mich im Monat Juni in dem im Jahr 2003 eröffneten, vegetarisch geführten B & B „The Lodge Avebury". Soweit uns bekannt, ist die Möglichkeit in einem tausende Jahre alten Steinkreis zu übernachten, hier einmalig auf der ganzen Welt.

Als wir gegen Mittag anreisten, war der Ort bevölkert von unzähligen Touristen. Vor dem Pub stand eine große Gruppe Motorräder und die Außenplätze waren besetzt.

Wir bezogen unser Zimmer in der ersten Etage der Lodge. Die Megalithen, vom Zimmerfenster aus sichtbar, sind jederzeit begehbar und so machten wir uns auch baldigst dorthin auf den Weg.

Der Spaziergang um die Steine herum und durch die Steine hindurch war besonders bei schönem Wetter, wie an diesem Tag, ein Genuss und eine schöne Erfahrung. Er führte vorbei an alten Buchen mit einem außergewöhnlich gewundenen, oberirdischen Wurzelwerk. Buchen scheinen eine besonders mystische Präsenz zu besitzen.

Die Luft war wie Champagner, prickelnd und klar. Es war ein herrlicher Tag, welcher mich in eine spirituelle Stimmung versetzte.

Am Abend fanden wir uns natürlich nebenan, im angesagten Pub des Ortes, dem „The Red Lion" ein. Weiß getünchte Außenwände unter einem puffigen, wie von Riesenhand über die Wände des Hauses gelegten Strohdach, bildeten ein interessantes Zusammenspiel mit dem herrlichen Grün der Wiesen und den aufrecht stehenden Steinen, die im Abendlicht wie reglose, einsame Gestalten auf ihren ewigen Plätzen verweilten.

Es war keine große Überraschung, dass der Pub als einer der am meisten verwunschenen Orte in Wiltshire gilt! Das hübsche reetgedeckte Wirtshaus wurde Anfang des 17. Jahrhunderts als Bauernhaus erbaut. Später zog eine Poststation ein. Heute ist es, bestimmt auch dank seiner Rolle in der ersten Staffel einer paranormalen TV-Show, sowie für die verschiedenen Geister bekannt, die diesen Ort ihr zu Hause nennen!

Dass es selbst um den Pub herum spukt, verschwieg man uns nicht. Gelegentlich wurde eine Phantomkutsche gesichtet, welche, von gespenstischen Pferden gezogen, über den Hof des Pubs rumpelte. Man erzählt sich, dass demjenigen, der den Wagen sieht, alsbald ein Todesfall eines nahen Verwandten ins Haus steht. Dementsprechend ist niemand erpicht darauf, das Gefährt zu Gesicht zu bekommen!

Lichtpunkte und Lichtkugeln irrten schon durch die Gasträume, Schatten waberten an Wänden und schwebende Kronleuchter verwunderten die Gäste. Vor allem die immer wieder plötzlich auftauchenden, eiskalten Momente ließen die erschaudern, welche sich einem leckeren Schmaus, oder einem ordentlichen Bier hingegeben hatten und an nichts Böses dachten.

Es gab auch Sichtungen von Geister-Kindern in privaten Räumen des Ortes. Verängstigte Zeugen berichteten, die Erscheinungen in einer Ecke kauernd gesehen zu haben. Gelegentlich begleitete die Kinder ein weibliches Gespenst.

Uns fiel ein besonderer Tisch auf, dessen Tischplatte aus dickem Glas bestand. Bei näherer Betrachtung sah man, dass die Glasplatte über einen uralten Brunnen gelegt worden war.
Innen wurde dieser beleuchtet und grünes Moos und Farn hatten sich dekorativ angesiedelt.

Auf unsere Nachfrage kamen wir mit der Bedienung ins Gespräch und diese erzählte, dass vor langer Zeit hier einmal Folgendes geschehen war:

Eine junge, zierliche Frau namens Florrie arbeitete während des englischen Bürgerkrieges im 17. Jahrhundert in diesem Pub, der damals noch etwas kleiner war. Im Jahr 1643 war Florrie mit einem Soldaten verheiratet, der aus dem Krieg zurückkehrte, um feststellen zu müssen, dass die Liebste untreu war. Er kam des Nachts unangekündigt heim und fand seine Frau in den Armen eines anderen Mannes.

In einem Anfall von eifersüchtiger Wut ermordete er das Weib und entsorgte ihre Leiche, indem er sie in den Dorfbrunnen auf dem Platz vor dem Pub warf. Im Laufe der Jahre wurde der heutige 'The Red Lion' erweitert und der Brunnen mit umbaut, sodass er sich jetzt im Inneren des Gebäudes befindet. Man legte irgendwann eine dicke Glasscheibe darüber und nutzte ihn als zusätzlichen Tisch.

Eine grausame Geschichte. Arme Florrie.
„Was passierte denn mit der Leiche der Dame?", fragten wir.

„In jener Zeit nahm man das vermutlich nicht so genau und da der Brunnen tief und die Frau sowieso tot war, ließ man sie wo sie war, einfach da unten drin", antwortete die Bedienung, zuckte mit den Schultern und kicherte.

Florries Geist blieb demnach vor Ort und wurde angeblich wiederholt gesehen, wie er aus dem Brunnen auftauchte und wild, mit weit geöffneten Augen verschreckt um sich blickte.

Die Suche der jungen Dame scheint einem Mann mit Bart zu gelten, denn sie interessiert sich bei ihren Manifestationen vor allem für bärtige Gäste. Eines Tages begann im Gastraum ein Kronleuchter zu rotieren und als der Wirt herbei gerufen wurde, lachte er wissend, denn unter dem Leuchter saß ein Mann mit schönem, vollen Bart.

Das waren natürlich beeindruckende Geschichten, doch seien wir mal ganz ehrlich, in Großbritannien „werben" viele Pubs und Unterkünfte mit dem Prädikat „haunted" - was soviel heißt wie „heimgesucht". Dieser Pub hier hat jedoch unbestritten den einzigartigen Vorteil, sich an einem fantastischen, geheimnisvollen Ort inmitten eines prähistorischen Steinkreises zu befinden und eigentlich hätte man es da nicht nötig zu behaupten, dass es dazu auch noch spukt.

Spät verließen wir das 'The Red Lion' gut gesättigt, um Arm in Arm die wenigen Schritte zu unserer benachbarten Lodge zu schlendern.

Einmal im Leben in einem Steinkreis zu nächtigen, das ist schon etwas Besonderes.

Für Spuk und Geister interessierte ich mich zu jener Zeit nur am Rande und wir freuten uns auf eine ruhige Nacht.

Unser Gästezimmer war schön und mit interessanten Kuriositäten und Antiquitäten ausgestattet. Ich fragte mich, wer wohl schon alles in diesem Bett geschlafen hatte, denn das Haus beherbergte bereits Hollywoodstars, Staatsmänner und Könige. Auch als Filmkulisse diente die Lodge.

Das Vier-Pfosten-Bett, nebst schwerer Vorhänge, war äußerst bequem und es dauerte nicht lange, da schnarchte mein lieber Mann glückselig. Ich hatte die Seite des Bettes gewählt, neben der sich die Tür zum Bad befand, auf seiner Seite gab es einen Wandschrank.

Bei mir wollte sich der Schlaf nicht so recht einstellen und nachdem ich aus dem Bad gekommen war und die Tür hinter mir geschlossen hatte, ließ ich mich über lange Zeit von meinem Rosamunde Pilcher Roman fesseln. Unverhofft hörte ich ein leises Klopfen.

Draußen herrschte Windstille. Im Haus hätte man eine Nadel auf den Teppichboden fallen hören. Vermutlich schliefen die Lodge-Inhaber längst. Es war mitten in der Nacht und das zweite Gästezimmer nicht bewohnt. So kam mir dieses Klopfen reichlich merkwürdig vor.

Ich sah auf die Uhr, es war zwanzig Minuten vor zwei. Ein weiteres mal klopfte es und mir schien, als würde das leise, aber doch klare Geräusch vom Wandschrank her kommen. Mein Buch hatte ich zugeklappt und weg gelegt, bereit meinen Mann zu wecken. Die Tür des eingebauten Schrankes lag im diffusen Dunkel. War sie einen kleinen Spalt aufgegangen? Ich lauschte gespannt und irritiert zugleich.

Etwa zehn Minuten später, ich hatte mein Buch wieder aufgeschlagen, stockte mir dann der Atem. Direkt neben mir, verdeckt durch die üppigen Vorhänge des Vier-Pfosten-Bettes, öffnete sich die Tür zum Badezimmer. Es war nicht dieses Knarren, das man aus Gruselfilmen kennt. Es war, als hätte ich die Tür nicht vollständig geschlossen, so, dass man von der anderen Seite nur dagegen drücken musste und sie schnappte wieder auf. Das Geräusch war genau so klar zu hören gewesen, wie das vorherige Klopfen und da ich irrealer Weise erwartete, dass jemand oder etwas aus dem Bad kommend (in dem sich sonst keine Tür befand), unser Zimmer betrat, zog ich mir schnellstens die Decke über den Kopf und weckte meinen Mann.

Zu dieser Zeit ist er leider nicht sonderlich gesprächig und auch nicht sehr aktiv, so, dass ich ihn nicht dazu bewegen konnte aufzustehen, um unser Bett herum zu gehen und zu schauen, wer oder was die Tür geöffnet haben könnte.

Da klopfte es wieder im Wandschrank. Dieses mal lauter. Sollte das ein Scherz sein?

„Schatz! Wach auf! Hier passiert etwas sehr Seltsames!"

Langsam wurde er munter, denn nun nahm auch er das Klopfen wahr.

Er wäre nicht mein Mann, wenn er spontan reagiert hätte. Erst einmal abwarten. Doch spitzte er die Ohren und bedeutete mir, ganz leise zu sein. Ich begann zu schwitzen, hatte ich doch die sich gerade von selbst geöffnete Tür im Rücken. Ganz dicht rutschte ich an ihn heran und klammerte mich an seinen Arm. „Psssst!", kam von ihm nur.
Es tat sich nichts. Er zuckte mit den Schultern und wollte sich gerade wieder hinlegen, als mit einem lauten Rums die Badezimmertür zuschlug.

Da wurde er aufmerksam, huschte aus dem Bett, eilte zur gerade zugeknallten Tür und riss sie, ohne zu zögern, auf.

Im Bad war es dunkel. Er betätigte den von der Decke hängenden Zugschalter, mit dem das Licht eingeschaltet wurde. Da war nichts, das da nicht hin gehörte, das Fenster fest geschlossen.
Ich sah meinem verschlafenen Mann an, dass er überlegte. Immer wieder sah er sich um, heftete seinen Blick an Decke und Boden und prüfte das Fenster. Es blieb ein Rätsel.
Auch in der Dusche entdeckte er nichts Ungewöhnliches. Keine Öffnung, die einen Windzug gerechtfertigt hätte. Das war auch ihm unheimlich.

Als er zurück zu seinem Bett ging - mir war in diesem Moment schon klar, dass ich sicher kein Auge mehr zu tun würde - bat ich ihn noch einen Blick in den Wandschrank zu werfen.
Er erfüllte mir den Wunsch und öffnete die Holztür. Irgend etwas musste da ja geklopft haben. Wir hatten nichts in den Schrank gelegt, da wir nur eine Nacht hier waren. Also sollte er leer sein. Das war er auch, vollkommen leer.

So hüpfte der Liebste wieder ins Bett und drehte sich von mir weg.
Das Licht blieb an. Unter der Bettdecke wurde mir immer wärmer. Nach einiger Zeit konnte ich kaum noch atmen. Doch irgendwie beruhigte auch ich mich.

Wohl gerade eingeschlafen, erschrak ich fürchterlich, als die Klopferei im Wandschrank wieder los ging. Ich sah auf die Uhr. Es war halb drei.

Mutig rief ich „Die Geisterstunde ist vorbei!". Das hätte ich nicht tun sollen, denn in diesem Moment bollerte es so stark von innen gegen die Tür des unscheinbaren Möbelstückes, dass man es vibrieren sah und mein Mann just in diesem Moment die Bettdecke von sich warf.
Er sprang auf und öffnete mit einem Ruck die Schranktür. Da wir keine Taschenlampe hatten, nahm er die Nachttischlampe und versuchte, damit den Schrank auszuleuchten. Nichts wies auf

etwas hin, das die Geräusche verursacht haben könnte. Es war verrückt und uns wurde langsam klar, dass es hier spukte.

„Sollen wir die Vermieter rufen?", fragte ich leise.
Mein Mann atmete tief ein. „Ich weiß nicht. Lass uns noch einen Moment warten. Was kann das nur sein?"
Er schloss die Tür des Schrankes nicht, konnte nun aber auch nicht mehr schlafen. So saßen wir verdutzt zwei Stunden lang im Bett, Badezimmer- und Schranktür weit geöffnet, die Sinne geschärft, bis es hell wurde und ein Lieferwagen vor dem Haus hielt. Die Nacht war vorbei.

Am Morgen - das vegetarische Frühstück wurde in einem der unteren Räume serviert - wagte ich zaghaft anzusprechen, was wir in der letzten Nacht erlebt hatten. Andrew, der nette Inhaber des B & B, lachte und sparte nicht mit Berichten von Leuten, die zuvor ähnliches zu erzählen wussten.

„Es hat Gäste gegeben, die hatten noch mehr zweifelhaftes Glück als Ihr. Die haben nämlich ein Mädchen im Wandschrank stehen sehen."

Es lief mir kalt den Rücken herunter.
Unser Gespräch mit angehört, kam auch die Frau des Hauses an den Tisch, trocknete sich die Hände an ihrer Schürze ab und erzählte noch ein wenig mehr.

Die Geschichte um Florrie war nämlich noch nicht ganz zu Ende, so, wie sie uns im Pub erzählt worden war. Wahrscheinlich wusste die junge Bedienung es nicht so genau.

Man hatte Florrie ja nie aus ihrem nassen Grab geholt und da das Brunnensystem des 'The Red Lion' mit dem der Lodge Avebury in Form von Rohren, oder Gängen verbunden war, es vermutlich noch immer ist, waren eines schönen Tages ihre Gebeine genau hier im Brunnen des B & B hochgekommen. Noch heute befand dieser sich mitten in der Küche der Lodge Avebury.

Ob Florrie's Knochen etwas mit dem Spuk, dessen Zeugen wir ganz klar in der letzten Nacht geworden sind, zu tun hatte, wer kann das sagen?
Mir war ganz seltsam zumute und ich sah unwillkürlich meinen vollbärtigen Mann von der Seite an.

Später kuschelte ich mich mit gemischten Gefühlen in das weiche Leder des Beifahrersitzes. Wir hatten unser Gepäck wieder ins Auto geladen und verabschiedeten uns von unserer entzückenden, aufregenden Unterkunft und diesem sehr besonderen Steinkreis. So etwas macht man vielleicht nur ein mal im Leben, dachte ich.

Nebelschwaden verdeckten einen Großteil der Umgebung. Mein Mann startete den Motor, ich warf einen letzten Blick auf die Lodge, hinauf zu den Fenstern des Zimmers, das wir bewohnt hatten. Die Gardine des einen war ein wenig zur Seite gezogen und ich hätte schwören können, dass ich durch den Spalt im Hintergrund des Raumes das bleiche, traurige Gesicht eines jungen, schönen Mädchens sah, das mit strengem Blick auf uns hinunterschaute.[1]

Ein Sommertagstraum

Kennen Sie diese heißen Sommertage, an denen die Luft zu flimmern scheint und die Hitze der Sonne die Haut verbrennt?

Es war so ein Tag, als ich im Halbschatten auf meiner Liege am Teich lag und vor mich hin döste.

Ein Sonntagnachmittag voller schwerer Ruhe. Die Vögel schliefen.

Ich dachte an nichts, drehte mich auf den Bauch und beobachtete zwei leuchtend himmelblaue Libellen, die sich abwechselnd auf einem Seerosenblatt niederließen, immer und immer wieder. Ein seltsames Spiel. Sie schwirrten davon und kehrten lautlos zurück, eine nach der anderen.

Sonst schien alles unter der Hitze zu dämmern.

Selbst die Goldfische waren faul und nur ein paar von ihnen zogen sanfte Kreise mit der Rückenflosse an der Oberfläche des Wassers.
Drei Frösche saßen auf einem feuchten Stein nebeneinander, als wären sie selbst versteinert. Doch entging ihren wachsamen Augen nichts. Lautlos schlummerte der große Garten, morastig der Duft von den Ufern des Teiches.

Aber was war das? Durfte ich meinen Augen trauen? Das konnte doch nicht sein!
Träumte ich etwa?

Die Knospen der Wasserpflanzen hatten sich geöffnet und stellten leuchtend ihre prächtigen Farben zur Schau.
In einer zauberhaften, jungfräulichen Seerosenblüte hatte es sich ein ganz außergewöhnliches Wesen bequem gemacht. Ich

sah genau hin, schloss meine Augen, blinzelte und öffnete sie wieder.

Ein Wesen, das es angeblich gar nicht gab, wovon auch ich bis zu diesem Moment überzeugt gewesen war, rekelte sich im Sonnenlicht.

In der Blüte saß eine Elfe.

Klein war sie, vielleicht etwas größer als eine Riesenlibelle.

Ja, und sie sah ganz genau so aus, wie man eine Elfe aus Geschichten und Filmen kennt, ganz zart und fein, mit einem süßen Kleidchen aus Tau, winzigen Blättern und Staubgefäßen, das Hütchen eine Glockenblume, die Öhrchen spitz, die Glieder so filigran, wie sie nur eine Elfe haben kann.

Sie lag an die Wand eines Blütenblattes gelehnt und strich sich mit den Fingerchen durch ihr feines Seidenhaar, wohl auch im Halbschlaf. Ein Füßchen hing aus ihrem zartrosa Blumenboot heraus und berührte leicht die Wasseroberfläche.

'Ganz schön gefährlich', dachte ich bei mir, denn ein für sie riesiger Goldfisch streifte sie beinahe.

Ich konnte meinen Blick nicht von ihr wenden, wollte ihr näher kommen und erschrak, als sich das kleine Wesen mir zuwandte und direkt in die Augen sah.

Oh weh! Das zuvor so liebe, entspannte Gesichtchen wurde streng und böse, der Mund spitz, die Augenbrauen zogen sich zusammen. Sie schien sagen zu wollen: 'Hey du! Was schaust du mich so an! Du darfst mich gar nicht sehen, du Mensch!'

Was sollte ich tun? So klein sie auch war, so stark schien sie mir und ich fühlte mich wie im Bann ihres Blickes. Ohne diesen von mir zu nehmen, stand sie langsam auf und ich sah ihre im Stehen noch viel grazilere Gestalt. Wie aus einem Bilderbuch.

Sie breitete ihre Arme aus und spreizte zwei reizende, schillernde Flügelchen. Die Elfe schien jetzt aufgeregt und ich

54

hatte das Gefühl, sie würde zu mir sprechen, mich ausschimpfen, empört und ganz durcheinander zu sein. Sogleich begannen die Flügel zu schlagen - nicht wie von einem Vogel - ganz sanft und schnell, einem Schmetterling ähnlich.

Bestimmt war sie so erregt, weil ich sie gestört hatte.
Den verärgerten Blick immer noch auf mich gerichtet, startete sie ihren Flug.
Ich stand auf und folgte ihr schnell. Noch nie hatte jemand ein solches Wesen gesehen! Ich konnte sie nicht einfach so entfliehen lassen, das wunderbare, schöne, scheue Geschöpf! Sie flog so schnell davon und fast hätte ich sie aus den Augen verloren, doch da landete sie im Gras am Ende des Gartens und hüpfte graziös von einer Grashalmspitze auf die andere. Noch ein Sprung, die Halme bogen sich und schnappten zurück, und noch ein Sprung, bis sie zu einem Baum kam, in dessen Wurzel sich etwas befand, das mir nie zuvor aufgefallen war.
Da war eine Tür und so schnell konnte ich nicht schauen, so schnell hatte sie diese geöffnet, warf mir rückwärts über die Schulter noch einen wütenden Blick zu und verschwand, wobei die Elfe die Tür so laut zuschlug, dass ich wach wurde.

Ich schlummerte auf meiner Liege und hatte nur geträumt.
Die Hitze dieses Sommertages lag schwer auf mir.
Was für ein Traum! Wie Wirklichkeit! Und so schön! Eine Elfe, ha! Wie wunderbar wäre es, wenn es diese kleinen Zauberwesen wirklich gäbe.

Als ich mich umdrehte, betrachtete ich den Baum aus meinem Traum, in dem die Kleine verschwunden war etwas genauer. Meine Augen suchten unwillkürlich im dichten Blätterdach nach irgend etwas, wanderten dann den Stamm hinab bis zu dem groben, ausladenden Fuß des Baumes. War das etwa ...?

Ich stand auf, ging um den Teich herum, mit meinen nackten Füßen durch das warme und doch feuchte Gras, meinen Blick auf die Wurzel der alten Weide gerichtet.

Noch nie war mir aufgefallen, dass sich hier eine kleine Tür verbarg. Wer hatte diese Tür ins Holz gebaut? Ich wusste es nicht.

Leise näherte ich mich der winzigen, hölzernen Pforte. Sollte ich sie öffnen? Was würde passieren? Mit Zeigefinger und Daumen berührte ich die klitzekleine Klinke und da! Die Tür ging auf! Nur ein wenig musste ich daran ziehen und war sehr gespannt.
Was sich wohl in dem Baum verbarg? Eine geheimnisvolle Höhle vielleicht? Ein Elfenstübchen?

Doch ach. Alles, was ich fand, war die Rinde des Baumes. Es gab keinen Zugang. Keinen Raum hinter der Tür. Der Baum ließ niemanden hindurch, oder auch nur hineinblicken in das Reich einer Elfe. Einen Menschen jedenfalls nicht.

Geliebter

Den Duft einer betörend warmen Frühlingsnacht in der Nase erwachte sie einmal mehr aus tiefem, gesundem Schlaf. Fast nur, nicht ganz. Noch spielten die Englein mit ihr und streichelten sanft mit kleinen, weichen Händchen über ihre Wangen.

Der Schlaf ging davon, das zärtliche Streicheln aber blieb und als sie die Augen öffnete, schien der Mond und ein Arm, nein, ein Ast ihres Apfelbaumes hatte sich in ihr Schlafzimmerfenster gebogen und ließ seine samtigen Blätter liebkosend um ihr Gesicht streifen.

Sie schloss die Augen wieder, genoss dieses wundersame Gefühl und dachte sich zurück in den Tag, als Tom und sie ihr Haus zum ersten mal gesehen und besichtigt hatten. Sofort war Tina verliebt gewesen. Genau so hatte sie es sich gewünscht und obwohl noch nicht klar war, ob sich die Eigentümerin für Tom und Tina als Käufer entscheiden würde - es gab noch andere Interessenten - fühlte sie sich gleich willkommen.

Als ihr Wagen die kurvige Einfahrt passierte und der Kies unter den Reifen knirschte, erblickten sie tief herunter gezogenes Reet mit einer kuscheligen Gaube, bunte, hohe Stockrosen und bleiverglaste Fenster. Sie parkten und ihre Blicke trafen sich. Keiner musste etwas sagen. Das war es und beide wussten es.

Sie gingen um die Ecke. Der Giebel schien höher, als man es von der Eingangsseite aus vermutete und war bewuchert mit herrlich duftendem Geißblatt, von Tinas längst verstorbener Mutter „Jelängerjelieber" genannt. Es gab eine breite Terrassentür, darüber eine weitere Etage mit bis auf den Boden reichenden Fenstern. Neben der Terrasse stand ein Riese von einem Apfelbaum. Der Garten war gepflegt und bot freien Blick auf eine wildromantische Ebene, das Holzmoor, wie dieser Landstrich genannt wurde.

Die Maklerin war zusammen mit Frau Ewert, der Tochter der verstorbenen Vorbesitzerin, vor Ort. Beide empfingen Tom und Tina und führten sie durch das Haus voller alter Balken und mit mehreren Kaminen ausgestattet.

„Oh herrlich!", freute sich Tina, als sie den Kamin in dem Zimmer sah, das beide sofort als ihr Schlafzimmer auserkoren hatten.

„Ein Kamin im Schlafzimmer. Das ist ein Traum.", hatte Tina Tom ins Ohr geflüstert und dieser flüsterte zurück: „Ja und im Wohnzimmer ist auch einer. Hast du gesehen? Grandios!"

Als Tom später mit der Maklerin das Nebengebäude und den Schuppen besichtigte, setzte sich Tina auf die Terrasse und genoss den Schatten unter dem imposanten Apfelbaum, der jetzt im späten August schon kleine Früchte trug.

„Bitte lieber Apfelbaum! Mach, dass wir das Haus kriegen, dass die Besitzer sich für uns entscheiden. Bitte!", flüsterte Tina leise vor sich hin und betrachtete das starke Holz neben sich.

Sie stand auf und wie sie es schon oft gehört hatte, dass andere dies taten, umarmte sie den kräftigen, glatten Stamm des schönen Baumes.

Die Tochter der Vorbesitzerin kam mit Limonadengläsern auf einem Tablett aus dem Haus und lächelte. „Ha! Haben Sie sich schon angefreundet!"

Tina kam sich ein wenig lächerlich vor. Einen Baum hatte sie noch nie umarmt.

„Sorry. Ich hatte so ein Bedürfnis. Das ist so ein schöner Stamm. Ich weiß nicht was mich da überkommen ist."

„Ach lassen Sie nur. Das Bedürfnis hatten andere auch schon. Das ist Avalon. Frauen mögen ihn besonders."

Schmunzelnd nahm Frau Ewert zwei Gläser und stellte sie vor sich und ihrem Gast ab.

Avalon? Ein Baum mit einem Namen. Das hatte Tina noch nicht gehört.

„Sie wundern sich, oder?" Die Frau sog an ihrem Strohhalm. „Wir haben ihm einen Namen gegeben, weil er mir und meinem Bruder immer vorkam wie ein riesengroßes Haustier. Das Haus hatte schon unseren Großeltern gehört und der Baum war immer da, obwohl Apfelbäume angeblich nur dreißig Jahre alt werden. Ich bin jetzt schon 50 und kann mich nicht erinnern, dass Avalon irgendwann einmal kleiner war, als jetzt."
Beide Frauen betrachteten das große Gewächs und richteten ihre Blicke in die Krone.
Auch Tina trank von der kühlen Limonade.
„Und wie sind Sie auf den Namen gekommen? Avalon?"
„Das war die Idee unseres Großvaters, glaube ich. Der hatte sich immer für die Kelten interessiert und bei den Kelten hatte ein Apfelbaum eine große mystische Bedeutung. Für sie war es der Baum der Unsterblichkeit und er gehörte zu den heiligen Bäumen. Das geheimnisvolle Avalon soll auf den Begriff 'Apfel' zurückgehen, irgendwie gibt es eine gemeinsame Wortwurzel. Haha. Das wusste nur der Opa genau."

Frau Ewert, von der Tina gern den Vornamen erfahren hätte, nippte weiter an ihrem Getränk. Ihre hellblauen Augen leuchteten.

„Der Apfelbaum gilt übrigens auch als der Baum der Sinnlichkeit und der Liebe." Sie sah an Avalon hoch.
„Bei dem hier bin ich da ziemlich sicher. Manchmal habe ich das Gefühl, er kommuniziert mit mir und sucht Kontakt. Ist schon seltsam für einen Baum."

Auch Tina betrachtete das ausladende Geäst.

„Das klingt ja interessant." Von Tom und der Maklerin war nichts zu sehen.
„Was wissen Sie denn noch so von den heiligen Bäumen der Kelten?" Tina zeigte sich nicht nur aufgeschlossen, weil sie einen guten Eindruck bei Frau Ewert hinterlassen wollte. Sie war wirklich interessiert.

Die Befragte konnte auch sofort antworten:
„Dazu gehört die Birke. Der Baum zwischen den Welten von Leben und Tod. Hätten Sie das gedacht von unserer zarten, unschuldigen Birke? Für die Kelten war sie Symbol des Neuanfangs und der Wiedergeburt. Oder die Weide, ein ebenfalls mystischer Baum. Ein Gewächs des Zaubers, der Magie. Sie schenkt uns Trost und Inspiration, symbolisiert Heilkraft und Fruchtbarkeit, sie ist ein Baum der Kraft, der Lebenskraft. Die Kelten nutzten übrigens ein Baumhoroskop. Dabei geht es nach dem Geburtstag. Mein Baum ist die Ulme. Ich hab am 23. Juli Geburtstag. Und Sie?"

Tina war beeindruckt. Um Bäume hatte sie sich nie viele Gedanken gemacht. Kiefern mochte sie und der Wald tat ihr gut. Aber sonst?

„Dreißigster sechster", antwortete Tina und Frau Ewert sah sie mit großen Augen an. „Na sieh mal einer an. Wenn das nicht ein seltsamer Zufall ist. Kein Wunder, dass Sie den Apfelbaum umarmen mussten. Es ist Ihr Baum!"

Auch Tina bekam große Augen. „Das ist ja …! Ehrlich?"
„Ich weiß die Daten nicht ganz genau, aber die Monatswechsel, das weiß ich immer. So ab circa 25. Juni bis Anfang Juli regiert der Apfelbaum. Der Baum der Liebe zeugt von einer strahlenden Persönlichkeit und großer Lebensfreude."

Tina hatte noch nie von einem Baumhoroskop gehört. „Wissen Sie auch welcher Baum zum 30. März gehört? Sagen Sie bloß die Kiefer."

„Ende März? Moment. Nein. Das müsste die Haselnuss sein. Ich weiß ja nicht so viel davon. Der Großvater hatte uns oft darüber erzählt, aber nicht alles ist hängen geblieben. Ist es der Geburtstag Ihres Mannes?"
Tina sah in recht weiter Entfernung am Ende des Gartens Tom und die Maklerin in intensivem Gespräch.

„Ja. Mein Mann hat da Geburtstag."
„Dann ist er wohl sehr intelligent. Es ist der Baum der Weisheit und der Klugheit. Umgänglich dürfte er auch sein."

Liebevoll suchte Tina mit den Augen nach ihrem Mann. Es schien, als würden sich die beiden auf dem Rückweg befinden.

„Ja, das ist er wirklich. Und Sie wissen doch eine ganze Menge über Bäume! Welche Arten gehören denn noch zu den, wie sagten Sie, zu den heiligen Bäumen der Kelten? Die Kiefer aber doch bestimmt auch?"
„In der Tat gehört die Kiefer dazu. Die heiligen Bäume der keltischen Mythologie. Holunder, Eiche, die Linde - übrigens der so genannte Gerichtsbaum - die Eberesche, auch Vogelbeere genannt, der Ahorn, die Olive, die Kastanie, Esche und Eiche ... ich glaube fast jeder Baum ist dabei." Frau Ewert lachte.
„Mir scheint, die beiden kommen zurück. Ich hole uns noch mal eine frische Limonade."

Tina fühlte sich fast wie in einem magischen Feld mit diesem neuen Wissen über den Baum der einen Namen hatte. Avalon. Es kribbelte ein wenig in ihrem Bauch. Was, wenn sie das Haus nicht bekämen? Am liebsten würde Tina gleich hier bleiben.

„Avalon heißt du also", flüsterte sie, als sie allein war auf der Terrasse. „Avalon. Bitte hilf uns. Du wunderbarer Baum. Es ist so schön hier. Ich will für immer zu dir und diesem wunderbaren Platz gehören."

Die Bitte, die sie dem Baum zugeraunt hatte, wurde auf wundersame Weise erhört. Man entschied sich für Tom und Tina und schon bald standen erst Farbeimer und Malerutensilien und kurz darauf Kartons, Koffer und Möbel durcheinander in den Räumen des schönen, alten Hauses. Es war Spätherbst. Bei offenen Türen und Fenstern im Licht der untergehenden Sonne liebten sich die beiden Glücklichen vor dem im Kamin prasselnden

Feuer des Wohnzimmers, fast wie in der Zeit, als sie beide noch jung und wild aufeinander gewesen waren. Es war perfekt. Es hätte nicht schöner sein können.

„Ist das nicht herrlich?", meinte Tom und sah sich um, während Tina sich aus seinen Armen löste.
„Niemand hört und sieht uns." Er lächelte sie lüstern an und zog eine Augenbraue hoch.
„Wir haben Sex bei offenen Fenstern und Türen und nur der Apfelbaum schaut zu."
„Der Apfelbaum schaut zu?", Tina musste lachen und stützte ihren Kopf auf den Ellenbogen. „So ein Schuft! Wie kann er?"
„Ich werde ihn fällen lassen. Ist mir auch zu viel Schatten hier direkt vor der Terrassentür."

Tina war perplex. Niemals würde sie das wollen, denn insgeheim war sie sich nicht sicher, ob der Baum etwas mit ihrem Glück beim Kauf des Hauses zu tun hatte. Sie lenkte schnell vom Thema ab, stand auf und machte Kaffee.

Nur vier Wochen später war Tom tot.
Das Gröbste war gerade erledigt, die meisten Räume fertig eingerichtet und gestaltet, als Tina in der Küche zum Abendessen einen Salat anrichtete, während Tom einer Doku im Fernsehen folgte.

„Einen Weihnachtsbaum möchte ich aber schon noch haben", rief Tina aus der Küche und mischte Radieschen unter die Salatblätter. Es war nicht ganz sicher gewesen, ob sie alles bis Weihnachten schaffen würden und das Thema hatte in diesem Jahr in den Gedanken des Paares noch keinen Platz gehabt.

„Reichen nicht ein paar Zweige? Es muss doch kein ganzer Baum sein!", rief Tom herüber und ließ den Korken aus einer Rotweinflasche flutschen.
„Ach, da fällt mir ein, dass ich ja noch den Apfelbaum fällen

lassen will. Das wird eine große Sache", murmelte er leise vor sich her. „Das macht man am besten im Winter."

Tina lachte kurz auf, während Tom scheinbar ein Glas herunter gefallen war.
Er sollte lieber einen kleinen Weihnachtsbaum schlagen, als den schönen, großen Apfelbaum vor der Tür. Am besten auch das nicht.

„Wir müssen ja keinen fällen!", antwortete sie. „Wir nehmen einfach einen der am Heiligabend irgendwo noch übrig ist. Da stehen doch immer noch ein paar. Das kann doch so falsch nicht sein!"

Ihr Mann reagierte nicht auf das Gesagte, auch nicht, als sie von weitem etwas lauter nachfragte: „Was meinst du? Das ginge doch auch. Ich habe ja noch die Spitze von meiner Großmutter. Die passt nicht auf ein paar Zweige. Und die alten Kugeln möchte ich sehen. Das geht nur an einem Baum."

Nichts.

War Tom raus gegangen? Das hätte sie vermutlich bemerkt. Tina ließ das Salatbesteck in die Schüssel sinken, nahm ein Tuch für den vermutlich verschütteten Wein und ging hinüber ins Wohnzimmer. Für den Bruchteil einer Sekunde dachte sie, Tom wäre plötzlich eingeschlafen. Doch leider war es anders.

Als sie zu ihm ins Wohnzimmer kam, lag er am Boden, Blut floss aus seinem Ohr. Der Aufschrei, den sie hörte, kam aus ihrem eigenen Mund. Alles vorsichtige Streicheln, Rufe half nichts. Sie rief den Notarzt an und stellte mit dem Hörer in der Hand fest, dass eine Fensterscheibe zerschlagen war.

Man hatte eine Hirnblutung festgestellt, auch wenn nie ganz aufgeklärt werden konnte, wie es dazu gekommen war. Die Verletzung am und im Ohr konnte sich niemand erklären.

Die Kriminalpolizei hatte Tina mehrfach befragt und den Ort des Geschehens genau untersucht. Dann ließ man sie in Ruhe.

Tina hatte weder Baum, noch Zweige zu Weihnachten. Die Beerdigung fand an einem eiskalten Januartag statt.

Knapp zweieinhalb Jahre war das jetzt her.
Nach dem Tod ihres Mannes ging das Leben einfach irgendwie weiter. Sie funktionierte, las viel, putzte, verbrachte Zeit auf dem Dorffriedhof. Was sollte sie auch tun? Zurück in die Stadt, das ging nicht mehr. Dieses kleine Haus war beider Traum gewesen. Aus dem Job aussteigen mit fünfzig. So wollte es Tom. Dafür hatte er viele, viele Jahre hart gearbeitet und seine Frau ebenso.

Zu spät. Tom hatte nichts mehr davon. Das letzte, was er ihr hinterlassen hatte, war die Erinnerung an die viel zu kurze Zeit, die sie beide in dieser Reetdachkate voller Glück, Liebe und Freude auf die Zukunft verbracht hatten.

Und trotz allem fühlte Tina sich wohl in dem neuen Zuhause. Es waren ihre letzten Erinnerungen an ihren Liebsten, aber es war auch das Haus selbst. Es war der Garten, die Pflanzen, der Abendhimmel, den sie oft von der Terrasse aus betrachtete, denn die Terrasse wies nach Westen und jeden Abend versank die Sonne weit hinter den alten Weiden am Horizont, die am Rande des Moores standen, das sich bis ans letzte Ende ihres Gartenzauns erstreckte.

Als sie eingezogen waren, war der Garten in gutem Zustand gewesen und so musste sie nur fortsetzen, was vorher liebevoll gepflegt worden war. Oft saß Tina müde und voller Dreck und Erde unter Avalon, dem Apfelbaum, ihrem Freund, und entkorkte am Abend mal einen Wein, oder ließ den Bügelverschluss einer Bierflasche emporschnellen.
Sie verbrachte die meiste Zeit im Garten, grub und harkte, säte, pflanzte und erntete. Die zwitschernden Vögel leisteten ihr

Gesellschaft, doch die liebste Gesellschaft war ihr immer *ihr* Baum.

Viele Nächte hatte sie am offenen, bodentiefen Fenster ihres Schlafzimmers verbracht und sich mit ihm unterhalten, auch wenn die Unterhaltung scheinbar sehr einseitig war.
Fast immer hatte sie bei geöffnetem Fenster geschlafen und wenn sie wach wurde, Avalon von ihrer Trauer und ihren Erinnerungen erzählt, bis sie einmal bei tiefer Dunkelheit in einer Neumondnacht erwachte und der Baum einen seiner Äste durch das Fenster geschoben hatte, so, dass die frischen, dunkelgrünen, samtigen Blätter sie zart berührten.
Zuerst war sie überrascht, erschrocken fast, doch es war ja ihr Baum, ihr Avalon, der schon so lange hier war und dem sie bereit war, alles anzuvertrauen, was sie nie einem Menschen sagen würde.

Wie selbstverständlich, das Seltsame an dieser eigenartigen Zweisamkeit nicht erkennend, hatte Tina von dieser Nacht an jeden Abend ihr Fenster für den Baum geöffnet, selbst, als es schon kalt wurde und Avalon allmählich sein Laub verlor im Herbst. Es kam ihr vor, als schenkte er ihr die schönsten bunten, leuchtenden Blätter, indem er sie auf ihre Bettdecke fallen ließ.
Als sie eines Morgens erwachte, sah sie nur noch den kahlen Ast, der inzwischen so lang geworden war, dass er schon über ihr ganzes Bett reichte. Seine letzten Blätter hatte er ihr gegeben.

Glücklicherweise waren beide Winter mild gewesen und obwohl es im letzten Jahr ein paar mal sehr gestürmt hatte, bei einigen Grad unter Null, und sie das Fenster hatte schließen müssen, kam sie bei brennendem Kaminfeuer sonst gut mit dem offenen Fenster und der frischen Luft zurecht. In mancher Nacht überkam sie das Gefühl, dass die feinen Triebe ihres Freundes ihre Zudecke wie Finger griffen und über sie zogen, damit ihr nicht kalt würde. Das hatte sie vielleicht geträumt.
Wenn sie ihrem Apfelbaum von Tom, von ihrer Kindheit, ihren Eltern und dem ganzen Leben, das sie gelebt hatte erzählte,

streichelte sie das starke und doch weiche Holz des Astes, als wäre es der Arm ihres geliebten Mannes.

Ihr schien, dass der schwere Ast sich ganz langsam bewegen konnte und sich von Zeit zu Zeit in verschiedene Richtungen bog, dass er immer öfter fast in ihrem Bett lag, auf den Kissen neben ihr. Sie erwachte und hatte die Finger um seine Triebe geschwungen, ineinander verwoben, wie mit einer menschlichen Hand.

Wenn sie dann im Garten war und ihr geöffnetes Schlafzimmerfenster in der ersten Etage betrachtete, wie der große, kräftige Apfelbaum einen Teil seines Geästes regelrecht in die Öffnung geschoben zu haben schien, wurde ihr die Absurdität ihrer Beziehung zu dieser riesigen Pflanze bewusst und sie fragte sich, was das noch werden sollte und ob es dafür eine Erklärung gab.

An Menschen hatte Tina kaum mehr Interesse. Ihre Eltern und Schwiegereltern waren lange tot, Kinder hatten Tom und sie nicht. Ihre Schwester lebte in Frankreich und meldete sich ab und zu über Skype. Freunde hatten Tom und Tina auch nicht viele gehabt. Ab und zu war, vor allem in den ersten Monaten nach Tom´s Tod, der eine oder andere zu Besuch gekommen. Inzwischen hatten sich die Beziehungen auf Anrufe reduziert, denn die Stadt in der sie zuvor gelebt hatten, war weit entfernt. War sie eingeladen und konnte sich durchringen die Einladung anzunehmen, so wollte sie nie über Nacht bleiben und fuhr auch noch spät im Dunkeln die lange Strecke bis nach Hause, um wenigstens den Rest der Nacht noch in ihrem eigenen Bett verbringen zu können.

Lag sie dann in ihren Kissen und spürte die sanften Apfelbaumblätter neben sich, war alles gut und sie konnte beruhigt einschlafen.

Nun lag sie hier oben unter dem Dach in ihrem Bett. Es war noch hell. Avalon stand in voller Blüte und der Duft betörte Tina, als sie spürte, dass einer der Äste, die Avalon inzwischen in ihr Schlafzimmer hatte wachsen lassen, sich sanft unter ihrem

Körper bewegte. Träumte sie, oder war das Wirklichkeit? Und schon spürte sie einen zweiten Ast unter ihren Beinen. Die Blüten waren plüschig, die Blätter daunenweich und es war, als würden Tina kräftige und doch einfühlsame Arme in die Höhe heben. Avalon hielt Tina vorsichtig in seinen Ästen und wog sie sanft. Sie löste sich von ihren Kissen und genoss es in den Armen ihres Liebsten zu sein. Endlich hatte er sich zu erkennen gegeben. Fest umschlungen mit seinem Geäst trug der große Holzmann sie über dem Bett durch das Fenster hinaus, um sie nah an seinem Stamm zu spüren und fest an sich zu drücken. Tina, betört vom Duft des Geißblattes, von dem das Haus umrankt war, das seltsamerweise schon blühte und das in den Nachtstunden seinen stärksten Duft ausströmt, gebettet in die weichen, flauschigen Blüten des geliebten Apfelbaumes, verlor fast die Besinnung, so glücklich war sie. Es war ein Glück, wie sie es kaum je zuvor empfunden hatte. Sie würde für immer hier und bei ihm bleiben. Für immer. Geliebter.

Erst Wochen später fragte jemand nach Tina und schließlich machte sich Frau Ewert eines Tages auf den Weg, um nach ihr zu sehen. Es war schon Hochsommer und sie hatte mehrfach versucht Tina telefonisch zu erreichen. Vergeblich. Und auch jetzt schien sie nicht zu Hause zu sein, obwohl das Grundstück nicht verlassen aussah. Tina schien verschwunden. Die Polizei wurde verständigt, man suchte nach ihr, Maßnahmen, wie üblich in einem Vermisstenfall, wurden ergriffen.

Tina schien vom Erdboden verschluckt.
Lange wurde nach ihr gesucht, bis man den Fall zu den Akten legte.

Eines Tages wartete Frau Ewert wieder auf der Terrasse der Reetdachkate. Die Maklerin hatte sie eingeladen die aktuellen Kaufinteressenten für das urige Haus kennen zu lernen.
Sie sah an Avalon hoch, den Freund aus Kindertagen.
Was für ein bemerkenswerter, riesiger Baum!

Wie oft hatte sie Avalon schon betrachtet über die vielen Jahre? Freud und Leid ihrer eigenen Familie und anderer hatte dieser Baum miterlebt und immer geschwiegen. Ausdrücken konnte er sich nur durch Blätter und Blüten, die Früchte die er trug.
Sinnierend folgten Frau Ewerts Augen dem Stamm und den Ästen ihres alten Freundes bis sie inne hielt. Hatte sich nicht die Form seines Stammes verformt? Irgendetwas schien anders zu sein. Es sah fast aus, als hielt einer der starken Zweige etwas in sich verschlungen, die Form wie die eines menschlichen Körpers. Ja, es dünkte ihr, als würde Avalon eine Frau in seinen Ästen halten, eine Frau aus Holz wie der Baum selbst, an sich gedrückt, in sich gewoben.

Ein Auto war auf dem Kies zu hören. Frau Ewert stand auf und ging der Maklerin entgegen.
„Hallo Frau Ewert!" Sie winkte ihr aus ihrem Cabrio zu und parkte.
„Ein herrlicher Tag, oder? Die ersten Interessenten werden gleich da sein."[2,3]

Leben und leben lassen

Sie führte einen Haushalt, in welchem häufig gefeiert wurde. Da war sehr viel ererbtes Geld.
Es interessierte sie nicht was das alles kostete und bei wem von den ein- und ausgehenden Gästen es sich um einen alten Freund der Eltern, oder einfach nur einen von jemand anders mitgebrachten Vagabunden handelte.

Ihre Eltern waren ein geselliges Paar gewesen. Die Mutter eine unterhaltsame Gastgeberin, mit exzellenten Umgangsformen und einem ausgesprochenen Hang zu schönen Dingen, welcher einherging mit dem Bedürfnis, diese auch zu zeigen, der Vater ein angesehener Politiker der Stadt.
Schon die beiden hatten regelmäßige Empfänge gegeben in dem prächtigen Haus am Vermont Place, manch opulentes Fest, Gartennachmittage, oder Matinees. Interessante Persönlichkeiten waren unter den illustren Gästen gewesen: Künstler, Wissenschaftler, Schreiberlinge und Professoren, Politiker und Botschafter aller Herren Länder.

Große Feiern und reiche Tafeln hatte das Haus erlebt. Das gut ausgebildete Personal kochte und briet, buk und richtete an. Tabletts, Platten und Krüge, Silber, teures Porzellan und Kristall wurden von weiß behandschuhten Dienern am Abend nach oben getragen.

Leona war als kleines Mädchen fasziniert von dem Zusammenspiel so vieler Menschen und Dinge, die am Ende verlässlich wieder und wieder ein buntes und köstliches Ensemble aus Speisen und Getränken auf einer strahlend weißen Tafel im großen Speisesalon bildeten.
Von ihrem Lieblingsplatz aus, etwa in der Mitte der Treppe, die in die oberen Etagen führte, hatte sie den besten Blick auf das weiße Tuch, das wie ein Gemälde auf einer Leinwand immer bunter und herrlicher anzusehen war. Viele Hände halfen dabei

und stets fand sich ein zuverlässig, köstlich und üppig gedeckter Tisch, wenn die Besucher eintrafen.

Auch in der Küche hielt sich das Kind nur zu gern auf. Hier war es so gemütlich an ruhigen Tagen und spannend zwischen dem Treiben vor den Mahlzeiten. Es wurde geschnitten, geschnippelt, gerieben, gemahlen, gepökelt und angemischt, gebacken und eingelegt und selbstverständlich probiert. Natürlich bekam das Kind so manchen gefüllten Löffel in den Mund gesteckt und sollte seine Meinung äußern. War die Speise zu sauer und verzog sie das Gesicht, so lachten alle und schnell gab man ihr ein Stückchen Ingwerzucker, oder eine süße Limonade.

Bei den Angestellten gefiel es ihr und sie hörte so manche Geschichte und manch privates Gespräch mit an.

„Das war ja wieder ein Nachtgelage gestern! Nur gut, dass es die kleinen Helfer gibt in diesem Haus. Das würden wir allein nicht alles schaffen", rutschte es einem der Hausmädchen eines Tages laut in der Küche heraus.

„Pssst! Bist du verrückt?", kam ein anderes auf sie zu und wies sie zurecht. „Bist du verrückt geworden? Darüber reden wir nicht. Wir dürfen das nicht. Das ist geheim. Das weißt du doch. Wenn man über sie spricht, kommen sie nicht mehr, heißt es, die Heinzelmännchen! Dann müssen wir alles alleine machen. Willst du das? Es kann auch sein, dass etwas Schlimmes passiert! Sei bloß still!" Sie bekreuzigte sich. Die Zurechtgewiesene senkte den Blick und ging still weiter ihrer Arbeit nach.

Da kam die erste Köchin gerade des Wegs.

„Ach was Ihr da redet!" Sie warf einen kurzen Blick auf Leona. „Das ist nur ein Gerücht von dem kleinen Volk, den Kobolden und Hausgeistern. Heinzelmännchen? So etwas gibt es doch nicht. Menschen machen die Arbeit. Unsereins! Was glaubt Ihr wer hier des Nachts immer alles aufräumt!"

Niemand sah, dass die dicke Frau, während sie begann in der Suppe über dem Feuer zu rühren, einen kräftigen Schluck aus einer kleinen Flasche nahm.

„Erste Köchin, seid Ihr das etwa, die hier Nacht für Nacht alles wieder in Ordnung bringt?"

Großspurig rieb die fette Alte sich ihre rote Nase.

„Na was meinst du wohl? Hast gedacht ich grunze wie ihr nach so einem Fest? Oh nein! Oh nein!"

Damit war alles gesagt.

Eines Tages fragte Leona die Mutter nach dem 'kleinen Volk'. Diese versprach dem Mädchen davon zu erzählen, wenn die Zeit gekommen sei. Natürlich war der Mutter klar, dass ihr einziges Kind, das einmal alles, also auch das Haus mit all seinen eigentümlichen Besonderheiten erben würde, Bescheid wissen musste. Doch so weit sollte es noch nicht sein, das Mädchen noch zu klein. Ein paar Jahre nur und die Tochter würde von den kleinen Helfern erfahren, die seit jeher da gewesen waren, auch schon, als die Mutter selbst noch ein Kind war. Es hatte unausgesprochene Regeln und Übereinkünfte gegeben, in die sie von der eigenen Mutter kurz vor ihrem sechzehnten Geburtstag eingeweiht worden war. Und genau so wollte sie es mit Leona handhaben. Die Zeit würde kommen.

Doch das Kind war wissbegierig.

„Nun gut", sprach die Mutter. „Eine Sache, die sehr, sehr wichtig ist und die du immer beherzigen musst, wenn wir eines Tages im Himmel sind, dein Vater und ich, will ich dir schon jetzt auftragen: Höre genau zu und halte dich daran! Jedes Fest, jede Feier, jede Gesellschaft, die in diesem Haus stattfindet, muss bis drei Uhr am Morgen beendet sein. Niemand darf sich um diese Zeit mehr im Haus befinden, der hier nichts verloren hat und jede und jeder hat sich ab einer Viertelstunde davor ausschließlich in seinen Zimmern auf den oberen Etagen aufzuhalten. Niemand soll Salon und Hallen im unteren Bereich betreten. Niemand!" Die Frau lächelte zärtlich und wandte sich der Tochter liebevoll zu: „Warum das so ist, liebstes Kind, frage mich bitte nicht. Auch davon werde ich dir später berichten. Gedulde dich noch ein paar Jahre. Dann wirst du alles erfahren."

Leona meinte zu wissen worum es ging. Die erste Köchin wollte wohl nicht gestört werden, wenn sie ihren nächtlichen Dienst verrichtete.

Nur wenige Jahre später starben die geliebten Eltern bei einem Schiffsunglück.

Das junge Mädchen, noch nicht volljährig, musste ihrem Paten folgen, der als Vormund bestellt worden war. Der Mann war ein unangenehmer Kerl, der es immer gut verstanden hatte, sich als treuer und zuverlässiger Freund zu präsentieren und da er der Cousin des Vaters war, hatte man ihn und seine Frau einst zu Leona's Paten gemacht. Doch Johnny Rigby war nicht der, der er vorgab zu sein. Er war nicht nur nachlässig, gemein und hinterhältig. Er war auch der wüsten Feierei, den Festlichkeiten, dem schönen Leben und dem Alkohol zugetan und so setzten sich noch vor dem Ende des Trauerjahres die Gelage in dem schönen Haus fort, ohne, dass die junge Frau sich allzu oft dazu gesellte.

Die Tafel war, wie früher, stets reich gedeckt, der Wein floss in Strömen.
Leona redete sich ein, sie würde die Tradition der Eltern fortsetzen und der Pate hatte sie in dieser Annahme unterstützt. Sie kannte es nicht anders. Dass sich die Qualität der Gäste im Laufe der Zeit stark veränderte, bemerkte sie kaum. Botschafter, Wissenschaftler und Professoren kamen bald nicht mehr, dafür eine Menge Künstlervolk und viele Schmarotzer.

Oft warf die junge Frau einen Blick in die Runde, sah umgeworfene Stühle, kaputtes Geschirr, große Flecken auf den weißen Tischtüchern, betrunkene Kerle und spärlich bekleidete Mädchen. Doch am nächsten Tag, als wäre gar nichts gewesen, bot sich ein aufgeräumter Anblick. Das Mobiliar stand an seinem Platz, war blank geputzt, Vasen mit frischen Blumen aufgefüllt und alles in feinster Ordnung. So hielt Leona das alles für gottgegeben und änderte nichts. Sie dachte nie darüber nach, von wem alles gereinigt und zurechtgemacht worden war, nachdem es in der Nacht zuvor ausgesehen hatte, als wäre eine Schar Reiter durch Salon und Hallen geritten. Schon vor langer Zeit hatte das Mädchen die Verantwortung dafür belassen wo sie war, in der Küche bei den Angestellten.

Da sich die Anzahl der Gäste im Laufe der Zeit immer weiter gesteigert hatte, was Leona an der Länge der Tafel und der Anzahl der aufgestellten Tische und Stühle bemerkte, ging sie davon aus, dass sich die Mädchen um alles kümmerten und war damit zufrieden. Auch dachte sie noch immer an das kleine Volk, von dem die Mutter ihr zu berichten nicht mehr gekommen war. Sollten es also die Hausangestellten nicht erledigen, dann ganz sicher diese geheimnisvollen kleinen Hausgeister.

Und tatsächlich waren es die vielen fleißigen, kleinen Helfer der Nacht, die aus dem Wirrwarr schmutzigen und kaputten Geschirrs, übrigen Essens, verdreckten Tafeltuchs, umgekippter Möbel und anderer Unordnung bis zum Morgengrauen wieder saubere, ansehnliche, gemütliche und herrschaftliche Räumlichkeiten machten.

Schon bald nahm Leona an den ausufernden Abendmahlen nicht mehr teil, zog sich in ihre Räume auf der oberen Etage zurück und ließ sich zum Abend einen kleinen Imbiss kommen.
Sie achtete jedoch immer peinlich darauf, dass die Vorgabe ihrer Mutter, dass alle Gäste das Haus bis Viertel vor drei Uhr morgens verlassen haben mussten, eingehalten wurde. Manchmal war dies nicht ganz einfach, doch drohte sie Rigby die Feiern zu untersagen, wenn er nicht dafür sorgte.

Ihr Pate, Johnny Rigby aber genoss die Völlerei, das Ansehen und die Unterhaltung an den vielen Abenden in Leona's Haus. Er liebte es im Mittelpunkt zu stehen und sich als Gönner aufzuführen. Allerdings fragte auch er sich so manches mal, wie es möglich war, dass er spät in der Nacht das Haus in einem fürchterlichen Zustand verließ und gegen Mittag des nächsten

Tages, wenn er zurückkehrte, alles gereinigt und repariert an seinem Platz stand, als wäre gar nichts geschehen.

Ihn ärgerte auch, dass die Zecherei kein offenes Ende haben durfte und um Viertel vor drei draußen die Hunde losgelassen wurden.

Nie hatte sich zudem jemand über die viele, offensichtlich gegen Morgen zu verrichtende Arbeit beschwert. Er befragte unauffällig die Angestellten und jede und jeder zuckte nur mit den Schultern in der Meinung, die erste Köchin würde sich darum kümmern und wenn nicht, dann durfte man darüber nicht sprechen.

Daran, dass sich die erste Köchin des Nachts hier zu schaffen machte, wollte Rigby nicht glauben. Die Dame war inzwischen über siebzig, dick und rund und oft betrunken.

Manchmal schien sie schon beim Rühren im Kochtopf einzunicken. So viel Disziplin und Kraft konnte diese Frau allein niemals aufbringen. Gab es da etwa wen, den Leona (von 'seinem Geld') dafür bezahlte?

Und was hatte es mit dem sogenannten 'kleinen Volk' auf sich? Natürlich hatte er davon gehört und stets darüber gelacht. Die Erzählungen waren eine Mär, keine Wirklichkeit. Doch wollte er hinter das mögliche Geheimnis kommen und so besprach er sich eines Abends mit einem seiner Kumpane. Die beiden wollten der Sache nachgehen.

Eines Nachts, als alle anderen Gäste gesättigt und vollgesoffen das Haus verlassen hatten, saßen Johnny Rigby und sein Kumpan mit dem Rest einer Flasche Sherry in einer Nische des Salons, die von einem schweren Vorhang verdeckt war. Im Haus war tiefe Ruhe eingezogen. Alle schliefen bereits.

Die beiden Männer verhielten sich mucksmäuschenstill in ihrem Versteck. Man hätte eine Stecknadel fallen hören können. Totenstille schien das Haus zu umarmen und fast wäre Rigby ein Schnarcher entwichen, als ihn ein Knacken in der Wand aufschrecken ließ.

Die Lauscher trauten ihren Ohren und Augen kaum, als sie ein Wispern hörten und kleine, knorrige Männchen und Weiblein aus den Winkeln und versteckten Ecken des Hauses hervorkamen.

Beinahe hätte ein Zwerg sie gesehen, denn er kam direkt aus der Dunkelheit einer der Mauerspalten neben dem Fenster heraus, geradewegs aus der Wand, wie es den beiden Beobachtern schien. Die Uhr hatte drei mal geschlagen.
Rigby und der andere beobachteten wie die kleinen, mit Zipfelmützen und Schürzchen gekleideten Weiber Leinenbeutelchen aufhielten und mit Brot, übrig gebliebenen Früchten und allerlei Resten der süßen und gesottenen Leckereien füllten; wie sie in kleinen mitgebrachten Töpfchen die Reste von Braten, knusprigen Hühnerkeulen und fetten Fleischbällchen, deftiger Soße und dicken Rübenmus verschwinden ließen. Süßer Pudding floss in irdene Schälchen. Nicht einmal die winzigsten Krümelchen wurden verschmäht. Die kleinen, flinken Fingerchen griffen nach allem, was an Essbarem noch auf den Tafeln lag. Ob gebratener Fisch, Fleisch, Gemüse, oder das leckere Süppchen aus einer Terrine, für alles fand sich ein geeignetes Gefäß. Nicht ganz geleerte Weinkrüge nahmen sie gleich drei in einer Hand und verschwanden schnell mit ihrer Beute, woher sie gekommen waren.

„So eine Bande!", flüsterte Rigby und erschrak, als plötzlich erneut eine Schar der Heinzelmännchen einfiel und im Salon, der Halle und allen angrenzenden Räumen in einer Schnelligkeit umherschwirrte, der man mit bloßem Auge nicht folgen konnte.
Das Treiben um die Tafel herum, dazu der Sherry und die späte Stunde, machten die heimlichen Zuschauer wirr im Kopf.
Sie wussten nicht, ob sie gleichzeitig eingenickt waren, oder etwas mit der Zeit nicht stimmte, im Handumdrehen war alles aufgeräumt, geputzt, gewienert und wieder hergestellt.
Jedes Ding stand sauber und glänzend an seinem Platz, als hätte es hier nie eine Feier gegeben. Frische Blumen leuchteten in den großen Vasen, ein buntes Gesteck war in der Mitte des

Tisches platziert worden. Die Kissen hatte man hübsch in den Sesseln zurechtgerückt, die Spiegel geputzt.

Als alles wieder ruhig war und der Morgen graute, legten sich die Männer in ihren Sesseln zurück.
„Schau mal einer an. Es gibt sie also doch. Das kleine Volk."
Rigby zog die beiden letzten Wörter in die Länge und starrte in die Luft.
„Die fallen nachts hier ein und stehlen Essen und Wein. Das kann ja wohl nicht sein." „Nein, das kann nicht sein", meinte der andere. „Kleine Lümmel. Alles haben sie sich vollgestopft."

Nach einer Weile des Schweigens sprach ersterer vor sich hin: „Man müsste ihnen einen Streich spielen."
Er wandte sich an seinen Kumpanen. „Weißt du was? Morgen beenden wir das Fest etwas früher. Ich werde einfach alle hinauswerfen, wenn es Zeit ist. Und dann spielen wir diesen kleinen Ratten einen Streich. Wir nehmen alles Essen weg und auch den Wein. Da werden sie aber blöd drein schauen, die kleinen Wichte. Die kleinen Diebe."

Der andere hielt das für eine gute Idee und nickte.

Wie gesagt, so getan. Gegen ein Uhr der nächsten Nacht warf Rigby die Gäste aus dem Haus und packte zusammen mit dem Verbündeten alle Essensreste, die Hühnerkeulen und Krautwickel, die Bratenscheiben und was sonst noch herumlag in seine eigenen Taschen. Auch den Wein. Es war nichts geblieben, außer der fürchterlichen Unordnung, die die beiden noch verschlimmert hatten, indem sie alles umwarfen und verschmierten und sogar einen Stuhl zerschlugen.

Als die große Uhr im Salon die dritte Stunde des neuen Tages anschlug und die kleinen Gesellen mit Töpfchen und Beuteln herbeikamen und sich an den Resten bedienen wollten, schauten alle suchend und wunderten sich, dass nichts mehr da war. Ganz enttäuscht waren die kleinen Weiblein und wollten nicht

glauben, was sie sahen. Traurig gingen sie mit leeren Behält-
nissen davon, während die gemeinen Männer in ihrer Nische sich
die Bäuche hielten vor Lachen.

Trotzdem kam auch heute wieder der zauberhafte Aufräumtrupp
aus den Ecken und Ritzen und obwohl kein Essen geblieben war,
wurde aufgeräumt wie jede Nacht. Auch in der darauf folgenden
passierte es wieder so. Die beiden Männer hatten alles Essen
und Trinken entfernt und ein Tohuwabohu hinterlassen, wie es
eines zuvor noch nie gegeben hatte. Selbst über die Bilder an
den Wänden wurde Soße vergossen, ein ganzer Tisch zerschlagen
und ein Sessel aufgeschlitzt. Hinter dem Vorhang lugten sie dann
hervor und kicherten, als sie die verwunderten Koboldgesichter
sahen. Mit deren außergewöhnlichen Kräften und Kenntnissen
hatten sie aber nicht gerechnet und als die Heinzelmännchen
ihre Arbeit vollendet hatten, sah alles aus wie neu.

Die folgende Nacht verlief nicht anders. Enttäuscht und mit
hungrigen Blicken packten die kleinen Weiber ihre leeren Töpfe
und Beutelchen ein, verließen das Geschehen, um bald darauf
zusammen mit den kleinen Männern alles wieder fein ordentlich
herzurichten. Und auch heute lachten die Männer sich in ihrer
Nische kaputt. Vielleicht waren sie etwas zu laut, etwas zu
unvorsichtig. Vielleicht aber war das kleine Volk nicht so dumm
wie die beiden dachten. Sie sahen nicht ihre bösen Blicke, die
dunklen, wütenden Augen, den Ausdruck in den Gesichtern und
wie der eine den anderen ansah. Die Atmosphäre veränderte
sich und für die beiden nicht zum Guten.

Am Morgen des vierten Tages der gemeinen Aktion von Rigby und
seinem Kumpel kam Leona wie immer sehr zeitig aus ihrem
Zimmer, um lange vor dem Frühstück auszureiten, ging den Flur
entlang und wollte gerade die Treppe nach unten nehmen, als
ihr der Atem stockte. Von oben hatte sie einen freien Blick auf
die grauenhafte Szenerie im Salon, der eigentlich an jedem
Morgen wunderschön aussah, mit Vasen voller frischer Blumen
dekoriert und peinlich sauber dazu.

Der weite Raum war ein einziges Durcheinander und im ersten Moment dachte Leona, dass die erste Köchin vielleicht gestorben war, oder krank und nach dem Festgelage des gestrigen Abends nicht hatte aufräumen können. Doch dann sah sie, dass das Bild ein anderes war, nicht nur Unordnung.

Kaputte Möbel lagen herum. Die Bilder und Wände waren bespritzt mit einer dunklen Flüssigkeit. Zerschlagenes Geschirr lag auf dem Boden. Die Vorhänge waren von den Fenstern gerissen, Sessel hatten Löcher, aus denen die Polsterung quoll. Es stank. Die junge Frau erblasste.

Mitten auf dem großen Tisch, wie ein riesiger Braten angerichtet, lag ein Mann auf dem Rücken, den dicken Bauch in die Höhe gestreckt, einen Apfel im weit aufgerissenen Mund, die toten Augen vor Schreck geweitet. An den Ohren hingen ihm blaue Weintrauben. Eine überdimensionale Vorlegegabel steckte in seiner Brust. Sein Blut war auf die Tischdecke gelaufen.

In den Kristallkaraffen leuchtete eine dicke, rote Flüssigkeit, ganz sicher kein Wein.

Große Reittaschen waren offensichtlich auf dem Boden ausgekippt worden und Essensreste lagen überall herum.

Leona hielt sich erschrocken die Hände an die Wangen und unterdrückte einen Schrei. Ein solcher ertönte aber trotzdem, denn in diesem Moment kam ein Dienstmädchen von unten, welches den ersten, morgendlichen Gang durch das Haus machen und nach dem Rechten sehen wollte. Da fiel Leona auf, dass auf den silbernen Platten weder Braten- noch andere Speisereste lagen. Die Grausamkeit des Anblicks schoss ihr in die Beine und sie bekam weiche Knie. Da waren Gliedmaßen aufgeschichtet. Gliedmaßen eines menschlichen, bekleideten Körpers, Beine mit Füßen dran, die noch Schuhe trugen und auf ungelenke, seltsame Art in die Höhe ragten. Die Schuhe kannte Leona gut. Auf einer anderen Platte blutige Arme, die Hände abgeschnitten. Sie fand sie auf dem Teller mit dem bärtigen Kopf von Johnny Rigby, in der Mitte eines grünen Salatbettes angerichtet. Ein Zeigefinger war in sein linkes Ohr, der andere in sein rechtes Nasenloch gesteckt, die Augen hielt er geschlossen. Aus seinem Mund ragten ein paar Selleriestangen und eine Mohrrübe mit Kraut. Der Rumpf des Mannes lag auf einer Extraplatte, die unter dem bekleideten Fleischbrocken verschwand. Sein Hosenstall war weit geöffnet, sein Gemächt zur Schau gestellt.

Blutige Messer und Schwerter lagen herum, das eigentlich weiße Tafeltuch triefte wie eine einzige Blutlache.

Ein grauenvoller Anblick war das und Leona brauchte lange, um sich davon zu erholen.

Seither wurde über Nacht nie wieder etwas aufgeräumt im Haus am Vermont Place und es gab auch keine Feste mehr. Niemand traute sich noch länger als nötig in dem Gebäude zu bleiben, in dem so etwas Schreckliches passiert war. Auch die meisten Bediensteten hatten sich davon gemacht. Ein paar aber waren geblieben und natürlich blieb Leona. Schließlich war es das einzige Zuhause, das sie hatte.

Sie war volljährig geworden und führte von nun an ein glückliches und zufriedenes Leben.

Malcolm

Gespenster sind für mich nichts Besonderes. Ich lebe mit ihnen seit meiner Kindheit.
Natürlich weiß das niemand. Jedenfalls heute nicht mehr.
Meine Mutter war so froh, als ich endlich aufhörte, ihr von den alten Leuten zu erzählen, die sich ständig bei uns zu Hause aufhielten, die außer mir aber einfach niemand sehen konnte.

Später erzählte sie mir, was ihr für ein Stein vom Herzen gefallen sei, als sie bemerkte, dass es endlich aufhörte, dass es nur eine kindliche Marotte war, wie mein Kinderarzt ihr zugeflüstert hatte.

Es sei meine 'fantastische Phase'.
Alle waren ausnahmslos erschrocken, wenn ich fragte, wer die Tante sei, die hinter meiner Oma am Geburtstagstisch stand.
Als ich sie später auf Familienfotos als die vor Jahren verstorbene Schwester meiner Großmutter identifizierte, hielt mir meine Mutter den Mund zu und führte mich schnellstens aus dem Zimmer.

„Was redest du da bloß immer, Julie?", fragte sie leise hinter der Tür.
Und nun stellen Sie sich das einmal vor. Die Dame hatte mich doch so nett angelächelt und ich wollte nur wissen, wer sie war. Dass wieder einmal niemand außer mir sie sehen konnte wunderte mich natürlich. Es war aber auch nicht schlimm für mich, denn die Erwachsenen konnten ja so vieles, das mir fremd war und nicht gelang. Also konnte es schließlich auch etwas geben, das ich konnte und sie nicht.

Worunter ich aber litt, waren die Reaktionen. Sie taten, als sei ich krank. Ihnen war es so peinlich mit mir.
Deshalb wurde ich im Laufe der Zeit immer stiller, denn ich wusste ja nicht, wen ich sehen durfte und wen nicht. Und

meiner Familie wollte ich einfach keinen Ärger machen und auch nicht, dass sie sich für mich schämten.

Ich lernte damit zu leben und als ich älter wurde, konnte ich erkennen, wer (noch) lebte und wer nicht.
Die Gespenster nahmen nur selten zu mir Kontakt auf. Sie sahen mich zwar, manchmal lächelten sie mich an. Meist, wenn sie erkannten, was ich für eine war. Berührt hat mich aber selten ein Geist und wenn, dann ausnahmslos freundlich, ein wenig am Arm, oder sie strichen mir über's Haar. Meist die älteren Frauen.

Auch, wenn sie mit mir redeten, waren sie nett, verwundert oft, denn - man glaubt es kaum - selbst sie fanden es schräg, dass ich sie sehen konnte. Wohl, weil sie es aus ihrer Lebenszeit nicht gewohnt waren.

Als ich sechs war und noch nicht sehr geübt darin, meine offensichtlich seltene Gabe zu verheimlichen, kauften mir meine Eltern einen Hund. Der arme Kleine!
Sie wussten ja nicht, dass längst mehrere Katzen meine Haustiere waren. Alle hatten sie einst in unserem Haus gelebt, welches wir zusammen mit meinen Großeltern bewohnten. Es gehörte der Familie schon seit Generationen und entsprechend viel war hier los.

Tiere sind ja anders. Ich habe irgendwo gelesen, dass kleine Kinder und Tiere so gut wie immer Geister sehen können. Und Engel auch. Der Verstand, der sich entwickelt, verdirbt dann irgendwann alles. Bei den Kindern war es das dann. Was einmal weg ist, kommt dann auch nicht zurück.

Da war also der Hund. Die Katzen setzten ihm so sehr zu, dass er total konfus wurde und nur noch in der Ecke saß. Ich sah natürlich wie sie ihn traktierten, die kleinen Biester.
„Ist er irgendwo gegen gelaufen?", fragte meine Mutter. „Er hat ja eine total zerkratzte Nase."

Ich sagte: „Von den Katzen", und dann schnell „Ich weiß es nicht", obwohl ich genau gesehen hatte, dass die schwarz-weiße ihm ein paar mal ordentlich die Krallen ins Gesicht gehauen hatte. Das geht nicht bei Geisterkatzen? Oh doch, das geht.

Weil der Hund nur noch ängstlich herumlief und immer den Schwanz einzog („Was ist nur mit diesem Hund los?") wurde beratschlagt, ob er die Familie besser wieder verlassen sollte. Ich wusste auch nicht, wie ich das mit den Tieren hätte arrangieren können. Ich war ja erst sechs! Schließlich überredeten meine Eltern eine meiner Tanten das kleine Fellbündel zu übernehmen. Bei ihr blühte er richtig auf und wurde ein wildes und dankbares kleines Ding.

Manchmal waren die Geister überhaupt nicht interessiert an mir, wahrscheinlich weil sie nichts mit mir zu tun hatten und nur zufällig vorbeikamen. Verwunderlich auch, dass nie eine oder einer von ihnen mir gegenüber einen Wunsch äußerte, zum Beispiel jemandem von den Lebenden etwas auszurichten, oder ihr oder ihm einen Gefallen zu tun.
Sie waren da, aber ausgesprochen gleichgültig, manchmal mildtätig und immer freundlich und ausgeglichen.

Bis zum Winter 2019, als ich längst erwachsen war.

Da sollte ich erfahren, dass es auch anders sein kann.

Es passte überhaupt nicht in meinen Plan, dass ich beruflich verreisen musste, da mein Mann und ich gerade auf der Suche nach einem Haus waren. Doch es ging nicht anders. Ich musste für einige Zeit nach England.

Jeden Morgen saß ich beim Frühstück am Fenster des ebenerdigen Hotelrestaurants und blickte auf einen sich in etwas Entfernung befindlichen und hell erleuchteten Supermarktparkplatz. Zwischen diesem und mir befand sich ein Kreisverkehr hinter einer alten Mauer, deren Anfang und Ende ich nicht sehen konnte. Zwischen dieser Mauer und mir war ein Stück Rasen, das zum Hotel gehörte. Eine große Buche auf dem Grün lockte ein paar Eichhörnchen an und ich sah ihnen jeden Morgen beim Bucheckernknabbern zu. Mit puscheligen Schwänzen flitzten sie den Baum hoch, sprangen von Ast zu Ast, oder saßen auf dem Boden im Gras, eine Buchecker in den Vorderpfötchen und nagten daran.

Eines Tages kletterte eines sogar außen auf die Fensterbank und saß ganz nah bei mir, die Frucht einer Buche zwischen den Fingerchen. Vielleicht war es auf der Wiese selbst dem kleinen Tier zu nass. Das Wetter hätte nicht schlechter sein können. Am Himmel hingen tiefe Wolken und es wollte nicht hell werden, als mir ein Junge auffiel, der an die Mauer gelehnt, mit, soweit ich beurteilen konnte, lumpiger Kleidung im nassen Laub saß. Er hatte eine alte Schultasche dabei und seine Kapuze ins Gesicht gezogen. Doch konnte ich ziemlich genau sehen, dass er zu mir herübersah.
Ich wägte ab, wie ich es oft tat, war nicht ganz sicher, ob ich einen Lebenden, oder einen Toten sah.
Er war zu weit weg, bestimmt zwanzig bis fünfundzwanzig Meter und durch die Kapuze war sein Gesicht nur unklar zu erkennen. Unsere Blicke trafen sich. So etwas merkt man einfach. Mich überkam das Gefühl, dass es unhöflich war, dieses arme, vielleicht vagabundierende Menschenkind, das da im Dreck saß, von meinem gut gefüllten Frühstückstisch aus anzustarren.
Vielleicht hatte er hier, in der Lunke hinter der Mauer, sogar genächtigt.
Ich schätzte ihn auf ungefähr fünfzehn, soweit das in der Morgendämmerung erkennbar war. Jemand kam an meinen Tisch, um abzuräumen und als ich wieder zu dem Jungen hinübersah, war er verschwunden.
Mehr als fünf Sekunden waren es nicht gewesen, in denen ich meinen Blick von ihm abgewendet hatte und während dessen er aufgestanden und über die Mauer gesprungen sein musste. Ich sah nach links und rechts. Dass er das tatsächlich so gemacht hatte, war unwahrscheinlich, denn die Mauer war nicht höher

84

als einen Meter zwanzig. Sofern er auf der anderen Seite nicht tief gebückt weg gehuscht war, musste er sich in Luft aufgelöst haben.

In diesem Moment war mir klar, dass ich es mal wieder mit einem Gespenst zu tun hatte.

Von nun an hielt ich morgens nicht nur nach Eichhörnchen Ausschau, ich sah auch nach dem jungen Geist.
Erst drei Tage später war er wieder da. Halb gegen die Mauer gestützt, saß er auf dem Boden. Es regnete. Sein Blick war ernst, doch er winkte mir tatsächlich zu. Ein seltenes Erlebnis, dass ein Geist Kontakt zu mir aufnahm.

Oder lebte er doch noch? Ich winkte zurück und er zeigte hinter sich in jene Richtung in der sich der Fußweg und der Kreisverkehr befanden und das rege Treiben des Morgenverkehrs herrschte.

Aus seiner Tasche zog er ein weißes Blatt auf dem ein Name in großen Buchstaben, mit schwarzer Farbe geschrieben stand.

Malcolm McLoud

Die Schrift hielt dem Regen stand. Ein Geisterblatt mit Geistertinte beschrieben. Manchmal war es schon seltsam.
Er nutzte einen meiner Wimpernschläge, um wie vom Erdboden verschluckt, wieder zu verschwinden.

Obwohl ich viel zu tun hatte und tagsüber sehr eingespannt war, beschäftigte mich „mein" Gespenst gedanklich.
Ich googelte den Namen, wurde fündig, doch nicht in dieser Gegend hier. Zwei Tage später zeigte mir der junge Geist einen weiteren Namen auf einem weißen Geisterblatt.

Tom Barclay

Über einen Tom Barclay fand ich ebenfalls Informationen, die ein Anhaltspunkt sein konnten. Jemand mit diesem Namen hatte hier am Ort ein Handwerksgeschäft. Noch am selben Abend rief ich dort an und fragte mich durch. Er selbst war nicht zu sprechen, seine Frau kam an den Apparat. Ich stellte mich vor und versuchte, mein möglicherweise eigenartig anmutendes Anliegen einzuleiten, ohne ein Wort über das Gespenst zu verlieren natürlich. Ein Buch hätte ich gefunden, gab ich an, in der Umschlagseite die beiden Namen. Ich wollte das Buch gern zurückgeben.

„Malcom McLoud! Na klar kennt mein Mann ihn. Sie waren doch zusammen auf dem Weg zur Schule, als Malcolm überfahren wurde und starb. Der Arme. Sie waren in der gleichen Klasse. Was ist das denn für ein Buch?"
„Englische Geschichte!", war das erste, das mir auf die Schnelle einfiel.
„Englische Geschichte?", fragte die Frau am anderen Ende der Telefonleitung. „Und beide Namen stehen im Buch? Seltsam. Vielleicht gehörte es Malcolm. Ich kannte ihn nicht weiter. Die beiden waren zwei Klassen über mir. Dass mein Mann sich für englische Geschichte interessierte, wage ich zu bezweifeln. Behalten Sie das Buch, oder werfen Sie es weg."

Ich druckste herum. Sie schien sich verabschieden zu wollen. „Und Malcolm lebt nicht mehr? Das tut mir aber leid. Was ist denn passiert?", versuchte ich, noch etwas mehr heraus zu bekommen.

„Das ist ja schon so lange her. Die waren damals vielleicht fünfzehn. Unten an der Kreuzung Carnegie Road war das. Wo jetzt der Kreisel ist. Vielleicht kennen Sie den."
„Ach ja. Da war ich schon einmal", antwortete ich gespielt beiläufig.

Nun wusste ich, dass es etwas geben musste, das ich erfahren sollte. Der Geist des Jungen wollte mir doch bestimmt etwas mitteilen. Nur was? Offensichtlich war die Geschichte und das, was ihm passiert war, ja bekannt und kein Geheimnis.

Am nächsten und auch am übernächsten Morgen wartete ich vergebens auf den jungen, traurigen Geist. Er hatte sich nicht wieder gezeigt.
Am dritten Tag war ich erschrocken, als Malcolm direkt vor meinem Fenster erschien. Auch jetzt hätte ich nicht sagen können, ob da ein Toter, oder ein lebender Mensch stand. Er hatte seltsam „feste" Substanz, obwohl er doch schon vor so langer Zeit gestorben war.
Ich saß da an meinem beleuchteten Tisch, einen Milchkaffee in den Händen, ein Croissant auf meinem Teller, etwas Obst, frisch geduscht, voller Kraft und - am Leben.
Neben mir, vor dem Fenster, dieser blasse Junge in dunkler, zerlumpter Kleidung, mit tief über die Stirn gezogener Kapuze und mit großen dunklen Augen, so traurig. Er hatte nichts mehr. Nicht einmal mehr sein Leben. So kurz war es nur gewesen. Viel zu kurz. Was für ein armes Kind.
Ich sah ihn an und mir wurde schwer um's Herz. Es war eine so eigenartige Stimmung. Das helle Leben auf meiner Seite, der finstere Tod bei ihm vor dem Fenster.

Da hob der Junge die Hand. Er zeigte mit dem Zeigefinger in die Höhe und drehte ihn so, dass ich den Fingernagel sehen konnte, der sehr schmutzig war. Er knickte den Finger immer wieder so, dass daraus eine lockende Geste wurde. Wollte er etwa, dass ich zu ihm rauskam? So sah es aus. Fast stiegen mir Tränen in die Augen.

Ich sah mich im Raum um. Außer mir war da nur eine asiatische Familie anwesend, die mit sich selbst beschäftigt war. Ganz hinten am letzten Tisch tuschelte noch das alte Ehepaar miteinander, das jeden Morgen gemeinsam Kreuzworträtsel löste, was es auch heute wieder tat.
Ich bedeutete dem Jungen, dass ich zu ihm rauskommen würde und er nickte zustimmend.

Ihnen mag das jetzt schaurig vorkommen, aber bitte bedenken Sie, dass ich ja von klein auf an Geister gewohnt war und niemals hatte mir einer etwas getan. Sie umgaben mich oft und taten mir gut, weil ich mich so nie alleine fühlte. Mir war immer klar gewesen, dass uns die Toten nichts mehr anhaben können. Es sind die Lebenden, die uns weh tun, uns schaden können. Nicht die Toten.

Ich nahm noch einen Schluck von meinem Milchkaffee und begab mich anschließend nach draußen. Auch, wenn es noch nicht vollends hell war, es regnete wenigstens nicht und dafür war ich dankbar.

Um die Hausecke kommend sah ich Malcolm mir abgewandt dicht an der alten Mauer stehend und auf die Straße blickend. Der Kreisel war dem Morgenverkehr entsprechend voller Autos. Gegenüber blinkten und leuchteten die Lichter des Supermarktes, dessen Parkplatz sich füllte.

Wenn man mich hier so an der Straße erblickte, allein, wie es für andere ja aussah, hätte man sich fragen können, was ich wohl beabsichtigte zu tun.

Der Boden war matschig und aufgeweicht von dem regnerischen Wetter der letzten Tage. Das war nichts Außergewöhnliches in dieser Gegend. Meine Stiefel könnte ich später reinigen. Malcolm rührte sich nicht, das Licht von gegenüber schien auf sein Gesicht.

Ich stellte mich neben ihn. Er war fast so groß wie ich. Das Gesicht erschien noch so kindlich und zart mit dem ersten Flaum eines Bartes, der das Antlitz dieses Jungen niemals zieren würde.

Was wollte er mir mitteilen? Warum stand ich hier bei ihm? Sollte ich etwas sagen? Wagen für Wagen schob sich zunehmend in den Kreisverkehr.

Plötzlich spürte ich die Hand des Gespenstes an meiner. Malcolm griff nach mir. Ich erschrak! Was für ein Gefühl! Er hielt mich fest. Noch nie hatte mich etwas oder jemand so berührt. Sehr kalt war seine Hand, aber weich, fast zart. Vor allem aber und das war etwas beunruhigend, sehr kräftig. Es war, als würde mich eine gepolsterte Eiszange nicht mehr loslassen. Was nun?

Da erkannte ich, dass sich etwas veränderte. Mir wurde schwindlig, dabei lagen die Veränderungen nicht bei mir. Die Außenwelt begann, sich zu verformen. Da! Die große Buche! Stamm, Boden, Krone verschwommen mit der Mauer. Die Lichter des Supermarktes wurden immer dunkler und begannen zu tanzen. Alles wirbelte durcheinander. Schließlich war der Super-markt verschwunden. An seine Stelle trat Wald. Buchenwald. Auch die Lichter der Autos veränderten sich. Aus dem Kreis-verkehr wurde eine Kreuzung. Das Hotel verschwand. Es wurde heller und leerer auf den Straßen. Nur die Mauer war noch da. Was war hier passiert? Waren wir in einer anderen Zeit?

Noch immer hielt Malcolm meine Hand fest in seiner. Es war ungewöhnlich still, die Luft schien reiner. Mein Herz klopfte, denn was hier gerade passierte, hatte es ganz schön in sich.
Ich hörte Stimmen. Auf dem Fußweg von der Seite her kamen zwei Jungs, der eine blond, den Kopf des anderen bedeckte eine Kapuze. Sie schienen auf dem Weg zur Schule zu sein, denn sie trugen Schulkleidung. Der Blonde traktierte den anderen. Als sie näher kamen, erkannte ich Malcolm unter der Kapuze. Malcolm, der eigentlich neben mir stand. Ich sah zur Seite, doch er blickte starr geradeaus auf das Geschehen.
Da fiel mir auf, dass auf unserer Seite der Mauer, von den beiden nicht gesehen, zwei weitere Jungs gebückt entlang schlichen.

Die beiden auf dem Gehweg waren laut, besonders der Blonde, eigentlich nur er. Immer wieder trat er Malcolm in die Knie-kehlen, belegte ihn mit Schimpfworten und riss an seinem Schul-ranzen.
Einer der beiden, die sich versteckt hatten, nahm einen Knüppel vom Boden. Dann sprang das undurchsichtige Zweiergespann über die Mauer zu Malcolm und dem Blonden. Alle drei trak-

tierten nun Malcolm weiter. Es ging eine ganze Weile, in der der Tyrannisierte immer wieder versuchte dem Geschehen zu entkommen. Aber drei gegen einen! Er hatte schlechte Karten. Sie hielten ihn fest, schubsten und traten ihn. Einer schlug ihm ins Gesicht. Er ging zu Boden. Ich zuckte und wollte mich von seinem Geist losreißen. Das Gefühl, dem Jungen dort hinten helfen zu müssen, weckte meine Hilfsbereitschaft, doch das Gespenst neben mir hielt meine Hand fest umklammert.

Malcolm, der lebende, versuchte sich wieder aufzurappeln.

Alte, laute Autos donnerten vorbei. Ein großer LKW kam angefahren, als der mit dem Knüppel laut brüllend hoch ausholte und das schwere Ding auf Malcolm's Kopf krachen ließ. Das Holz brach in Stücke. Der Verletzte strauchelte, als der Blonde ihm mit voller Kraft einen Stoß in den Magen versetzte. Malcolm stürzte direkt vor den LKW.

Bremsen quietschten, Autos hielten, Geschrei. Auf dem Boden der lebloser Körper eines Jungen in einer sich ausbreitenden Blutlache.

Ich war völlig außer mir, doch mein Gespenst ließ mich nicht los. Eine unglaubliche Kraft war in seiner Hand. Es war eine neue Erfahrung für mich. Das Gesicht des Gespenstes zeigte keine Regung. Die Augen traurig und starr, die schönen Wimpern glatt geschwungen, keine Regung um den Mund.

Auf der Straße hinter der Mauer sammelten sich Leute. Die drei Verursacher blieben im Hintergrund und niemand beachtete sie. Auch uns beachtete niemand. Vermutlich waren wir unsichtbar.

Malcolm sah mich jetzt an, meine Hand in seiner. Er lächelte. Ein kindliches Jungenlächeln mit einem gewissen Ausdruck tiefer Weisheit. Es war schön ihm so nah zu sein. Ein Geist, der aussah, wie ein Mensch. Man hätte ihn vielleicht für krank halten können, oder schlecht ernährt, nicht für tot.

Denke ich heute an ihn, werde ich traurig. Damals war ich wie verzaubert und gleichzeitig aufgewühlt, wegen des Unrechts

und der ungesühnten Gemeinheit, die ihm widerfahren war. Einen Augenblick später war er verschwunden.
Es war also kein Unfall gewesen.

Ich stand an der Mauer, vor mir sah ich die Lichter des Supermarktes wieder, und den Berufsverkehr im Kreisel.

Nun wusste ich, weshalb Malcolm mich aufgesucht hatte. Sein Bestreben war, dass die Wahrheit über seinen Tod ans Licht kommt. Dafür wollte ich sorgen.

Seelen

„Wie lange wartest du hier eigentlich schon?"
„Ach, schon eine ganze Weile. Bei mir dauert es länger."
„Wieso?"
„Ich weiß nicht. Vielleicht, weil ich dieses mal auf einen Menschen warte."
„Ach so."

Beide schwiegen und beobachteten den Fortschritt.

„Wie war's denn das letzte mal bei dir?"

„Ach, frag lieber nicht. Es war ein Leben, ja, aber was für eins!"

Die erste Seele blickte traurig zur Seite, wenn man das von unsichtbaren Seelen so sagen kann.

„Dann war es schlimm ...", nickte die andere Seele. Scheinbar hatte sie schon ähnliche Erlebnisse gehabt.

„Eigentlich war es sehr schlimm. Man arrangiert sich ja, aber trotzdem. Ich lebte mit vielen anderen zusammen. Mein Körper war recht plump und ich führte ein eintöniges Leben. Naja, vielleicht ein Glück, dass es kurz war." Die Seele schien mit schmerzhaften Erinnerungen zu kämpfen, redete dann aber weiter.
„Es war öde und manchmal schmerzhaft. Ein Körper kann auch eine Last sein. Essen, trinken, rumstehen. Jeden Morgen und jeden Abend wurden wir an Geräte angeschlossen und danach fühlte ich mich immer etwas leichter. Manchmal tat das auch weh, aber eigentlich war es schön, weil man sich wohler fühlte, wenn es vorbei war. Und man gewöhnt sich an vieles. Ein paar mal wurde ich Mutter. Wie, weiß ich nicht, ich hab nie ein männliches Wesen gesehen. Aber ich war schwanger und freute mich immer so auf das Kleine. Die Wehen begannen, das Kind

kam, aber ach! Jedes mal haben sie es mir weggenommen. Jedes mal! Ich hörte sie schreien nach mir, die Kleinen. Ich konnte nichts tun. Nicht ein einziges mal durfte ich eins behalten und ich weiß nicht was aus ihnen geworden ist. Das war schrecklich. Und was ich erfahren habe, waren sehr schlimme Dinge."

Die zweite Seele sagte nichts und sah auch traurig nach unten auf die Erde.
Schließlich hatte sie aber doch noch Fragen.
„Und sonst so? Gab es auch etwas Schönes?"
Die erste Seele überlegte eine ganze Weile und schüttelte den unsichtbaren Kopf. „Nein. Nein. Das Essen war schlecht. Immer das gleiche. Ich träumte von blauem Himmel, Wiesen und Weiden mit Kräutern und grünem Gras. Habe ich aber nie gesehen. Das muss noch aus meinem Leben davor übrig gewesen sein, dass ich mich an so etwas erinnern konnte.
Es war so gesehen ein ruhiges Leben mit den anderen. Wie viele Babies ich bekommen habe! Sonst war jeder Tag wie der andere. Das Leben plätscherte so dahin. Dann eines Tages wurde alles anders.
Ich war noch ganz verschlafen, da wurde es hell und laut da wo ich wohnte und die Wand öffnete sich und man konnte fast nichts sehen, so blendete es.
Menschen schrien durcheinander und trieben uns an, durch die Wandöffnung zu gehen. Dahinter ging es etwas bergauf, sehr unbequem war das für die Füße und eine von uns fiel runter und brach sich ein Bein.
Über diese Rampe wurden wir in ein sehr viel kleineres Haus getrieben und wir standen ganz eng beieinander. Das war der blanke Horror, dabei sollte der erst noch kommen."

Hätte man die Seele sehen können, so hätte man ihr angesehen, dass es ihr bei der Erinnerung an ihr letztes Leben nicht gut ging. Das Leid war groß und sie war unglücklich gewesen. Doch hatte sie zumindest den Teil ihrer Aufgaben erfüllt, den jede

Seele zu erfüllen hat, wenn ihr ein Leben geschenkt wird. Sie konnte lernen. Und sie hatte gelernt, sehr viel.

„Wie, der blanke Horror?", fragte schließlich die zweite Seele.

„Na! Die haben gebrüllt! Wir wussten nicht wo vorn und hinten ist. Die haben uns geschlagen und mit Stöcken traktiert. Wir waren ja alle etwas behäbig und konnten nicht so schnell und durcheinander waren wir und viele von uns noch müde. Einer stachen sie ins Auge, weil sie nicht so wollte, wie sie wollten. Die mit dem gebrochenen Bein haben sie einfach so lange geprügelt, bis sie auf ihrem Stumpf doch in das kleine Haus gehumpelt ist. Überall war Blut. Es war ein offener Bruch."

„Und dann?"

„Als wir alle in dem neuen, kleinen Haus waren, wurde es wieder etwas ruhiger. Aber es war fruchtbar eng und das Haus wackelte. Manchmal wackelte es so sehr, dass wir alle umfielen und uns wieder aufrappeln mussten. Nur die mit dem gebrochenen Bein schrie immer wieder laut auf und steckte manchmal alle an. Das Gebrüll war grauenhaft. Auch ich brüllte, vor Angst und die Enge war so schrecklich! Viele Stunden wackelte das Haus. Ab und zu stand es still, aber dann ging das Gewackel wieder los. Wir hatten Hunger und Durst und es war unerträglich heiß.

Die mit dem Beinbruch ist gestorben und alle anderen hatten große Furcht, was jetzt wohl passieren würde. Manche meinten, wir würden bald wieder heraus gelassen werden und in unser altes Haus gehen. Wahrscheinlich müsste da nur mal richtig sauber gemacht werden. Das würde ja nicht gehen, wenn wir da alle herumstünden.

Das hörte sich gut an und ich entschloss mich, daran zu glauben. Irgendwie ahnte ich aber schon, dass da etwas anderes auf uns wartete."

„Und, wartete etwas anderes auf Euch?"

„Na was glaubst du! Nach vielen Stunden Gewackel, Gebrüll, Hunger und Durst, es war schon fast dunkel draußen, stand das kleine Haus endlich ganz still, das laute Geräusch, das uns ständig begleitet hatte setzte endgültig aus und ich hoffte sehr, dass die Wand sich öffnen und wir in unser altes, jetzt schön sauberes Haus zurückkehren konnten.

Doch als die Wand sich öffnete, sah draußen alles ganz anders aus. Wir wussten nicht was geschehen war und erkannten nichts wieder und die Prügelei und die lauten Rufe gingen von vorne los. Da waren noch viele andere und alle wurden getrieben und geschlagen. Ich bekam noch mehr Herzklopfen, als ich schon hatte und ich konnte gar nicht nachdenken, so wurde ich immer weiter und weiter geschoben. Dass das nicht gut ausgehen würde, das wusste ich bereits. Es gab kein Stroh und da war auch kein Platz für uns. In der Luft war etwas Böses, etwas Schreckliches.

Es ging immer weiter unter den Schlägen. Wo sollten wir hin? Schließlich konnte ich etwas ganz weit vorn erkennen. Da waren so viele von uns und manche schrien. Ich sah ein ganzes Stück entfernt in hellem Licht, dass welche von uns da an Haken hingen, und sich gar nicht bewegten. Grauenvoll sah das aus. So kann man doch nicht schlafen! Dann sah ich das Blut und die Männer mit den Gummischürzen und Gummistiefeln, mit den gleichen Wasserschläuchen, wie ich sie aus unserem alten Haus kannte, aber hier wurde nicht unsere Kacke, sondern ganz viel Blut weg gespült. In diesem Moment setzte mein Herz vielleicht schon ganz aus. Ich war wie starr und vor Angst gelähmt."

Man konnte der Seele noch genau anmerken wie schlimm das alles gewesen sein muss.

„Und dann?", fragte die andere Seele gespannt. „Dann weiß ich nichts mehr. Dann war da schon bald das Licht und der Tunnel und ich war wieder hier."

Die zweite Seele nickte, sie kannte diese Prozedur von ihrer wiederholten Rückkehr. Meist war das, was kurz zuvor geschehen war, das man in der Welt der Menschen das Sterben nennt, nicht schön. Oftmals war es furchtbar, vor allem, weil man nicht weiß, dass man schon bald wieder als körperlose Seele daherkommt und auf ein neues Leben wartet, in dem es gilt zu lernen und zu lieben, die Dinge, die hier im Jenseits gesammelt werden. Warum, das wussten die beiden Seelen nicht und es war ihnen auch egal.

„Ich freue mich schon darauf wieder einen Körper zu kriegen. Endlich wieder essen, trinken, liebkosen können!", sprach die zweite Seele dann und holte damit auch die erste aus ihren traurigen Gedanken.
„Warte nur noch ein wenig. Dann sind auch die letzten Erinnerungen weg. Ich weiß schon gar nichts mehr von meinem letzten Leben."

Die erste Seele schüttelte sich, soweit möglich, atmete ein mal tief durch, soweit möglich und machte sich gefasst.
„Ja. Du hast Recht. Und ich möchte so gern ein Mensch werden. Niemals würde ich uns so behandeln, wie die das gemacht haben da auf dem Gelände, wo ich gestorben bin."

Verträumt blickte die zweite Seele in die Ferne, wenn man das so bezeichnen kann.
„Ich war schon mal ein Mensch. Daran erinnere ich mich noch."

Verwundert reagierte Seele eins: „Ist das wirklich wahr? Oh! Was hattest du für ein Glück! Dann hattest du ja richtig viel Zeit zu lernen und vor allem ... zu liiiieeben."
Das letzte Wort zog die zweite Seele in die Länge, denn unter den Seelen war die Liebe das Größte und man brauchte sie hier, sozusagen, um immer Liebe nachzufüllen, denn wo die Seelen sind, da ist die Liebe. Ein Kreislauf.
Deshalb war die Liebe das, was sie am Leben eines Menschen am meisten interessierte. Zwar liebten Tiere auch, was Menschen immer abstritten. Doch anders als Menschen und flüchtiger, im Allgemeinen.

97

Um körperliche Liebe, die im besten Fall dazu gehört, eigentlich jedoch dem Fortpflanzungstrieb dient, ging es den Seelen jedoch kaum, obwohl manche sich darauf besonders freuten. Worum es eigentlich ging, vermochte man unter den Seelen aber nicht wirklich gut erklären zu können. Was war Liebe? Wie konnte man sie beschreiben, wenn man nicht mal einen Körper hatte? Deshalb rankten sich die wunderbarsten Geschichten um das Thema, von dem man wusste, dass, es zu erfahren, einer Seele am besten im Körper eines Menschen möglich war.

„Erzähl doch mal! Wie war es?"

Doch die zweite Seele blickte traurig drein, wenn man das auch nicht erkennen konnte, weil man eine Seele ja nicht sehen kann.

„Was meinst du?"
„Na das mit der Liebe." Gespannt hing Seele eins an den unsichtbaren Lippen von Seele zwei, doch die antwortete nicht.

„Hm? War es wirklich so schön wie alle sagen? Und hattest du eine schönes, langes Leben mit ganz viel Essen? Und hattest du eine Mutter? Eine schöne, weiche, liebe Mutter?"

Scheinbar ja. Oder etwa nicht? Die Neugier der ersten Seele war riesengroß und sie ärgerte sich, dass die zweite ihre schönen Erfahrungen nicht mit ihr teilen wollte.

„Ehrlich gesagt, ich weiß es nicht", kam dann doch eine Antwort. Seele zwei atmete tief durch, auch wenn das bei Seelen etwas anders ist.

„Ich hatte natürlich eine Mutter. Sonst hätte ich ja gar nicht losziehen können. Aber sie war komisch. Nicht wie man es sich vorstellt. Am Anfang, wenn man gerade erst in den kleinen Menschenkörper schlüpft, erwartet man etwas ganz Tolles."

„Oh ja. Eine Mutter von der man lebt und die einen beschützt. Bei der man sich geborgen fühlt, die dich füttert und dich liebkost und küsst und dir ganz viel Liebe schenkt. Das hab ich alles schon gehört und es soll das Größte sein! Und ein Vater. Einen Vater hat man auch, einen starken, der dich noch mehr beschützt und ..."

Da unterbrach die zweite Seele.
„Lass mal. Das tut mir weh. Bei mir war das alles ganz anders. Ich hatte auch gedacht, dass es so sein würde und mich so auf mein Menschenleben gefreut."

„Erzähl!", forderte die erste Seele entgeistert.

„Als ich in dem ganz jungen, frischen Körper war, registrierte ich alles noch sehr genau und mir war bewusst, dass ich nun endlich einmal einen Menschen beseelen durfte. Ich war so happy und voller Tatendrang. All die schönen Dinge sollte ich nun auch erleben!
Aber nein. Es war so schwer sich zurecht zu finden. Du kannst nämlich so gut wie nichts in diesem Körper. Du liegst nur da, kriegst etwas in den Mund gestopft, das Essen geht durch dich hindurch und kommt woanders wieder heraus, ohne, dass du irgend etwas beeinflussen könntest. Du kannst nicht fliegen. Du bist eingesperrt und festgebunden. So ungefähr fühlt es sich an. Später wird es besser, aber erst einmal ist es der blanke Horror und alles was du kannst ist ein bisschen zappeln und schreien. Und es dauert ewig, bis sich das ändert."
Seele zwei machte einen kleinen Hüpfer, vielleicht, weil sie sich vergewissern wollte, dass sie jetzt (noch und wieder) frei war. Und mit dem unsichtbaren Blick auf Seele eins:
„Darauf kannst du dich schon mal vorbereiten. Das ist bei allen Menschen sehr ähnlich.
Du willst so viel mitteilen. Du willst denen erzählen, wie das ist hier bei uns und dass sie keine Angst haben sollen vor dem Tod und vor dem Leben und warum sie überhaupt auf der Welt sind.

Kannst du aber nicht, weil Menschen nicht wie wir kommunizieren."

„Klar. Sie machen sich über ihre Sprache verständlich und mit den Bewegungen ihrer Körper. Wie Tiere ungefähr."

„Ja genau. Genau das gleiche Problem hast du bei Menschen am Anfang eben auch. Deine Mutter versteht dich nicht und auch kein anderer. Mit anderen kleinen Menschen klappt es anfangs noch. Als ich geboren worden war, lag ich mit ganz vielen anderen Seelen, die genau so eingesperrt und bewegungsunfähig waren wie ich, in einem großen Raum. Ich war zwar wie eine Maus im Glas, aber ich spürte, dass da noch andere um mich herum waren. Alle waren wir gespannt. Einige kannten die anfängliche Enge im Menschenkörper schon und beruhigten uns.

Von Zeit zu Zeit traf ich die eine oder andere Seele wieder und alle schwärmten von ihren Müttern. Nur ich konnte das nicht."

„Was? Wieso denn nicht?"

„Ich wurde nie weggetragen. Das Essen wurde immer an der gleichen Stelle in mich hinein getan. Später erfuhr ich, dass meine Mutter mich nicht wollte, aber da hatte ich schon vergessen, dass ich eine Seele bin. Da war ich nur noch ein Mensch. Eine richtige Familie hatte ich nie. Da soll man ja besonders viel Liebe bekommen und geben können. Bei mir waren das immer wieder andere. Man geht dann ja auch auf so genannte Schulen und hat Unterricht, wo man richtig viel lernen soll. Naja, das hab ich auch nicht so empfunden. Ich hab vor allem gelernt, dass Menschen sehr schlecht sein können. Die haben natürlich alle ihre Seelen vergessen und ihr Leben hier bei uns und heute frage ich mich, was mit denen wohl passiert war, dass die so gemein waren.

Und ich frage mich, wie so eine sich fühlt, wenn sie hier zu uns zurück kommt und ihr klar wird, was sie da eigentlich angerichtet hat, als Mensch.

Ich wurde geschlagen in der Schule und keiner wollte mich. Die ganzen Jahre habe ich keine Liebe bekommen. Auch die Lehrer, also die, die dir etwas beibringen in der Schule, waren nie gut zu mir. Immer wieder musste ich woanders hin, in andere

Familien und andere Schulen. Ich glaube nicht, dass das normal war. Und überall schlug man mich und gab mir zu verstehen, dass ich irgendwie unerwünscht bin. Was glaubst du, wie sich das anfühlt!

Die Familie, in der ich im Alter von dreizehn Jahren lebte ..."

„Boh! Dreizehn Jahre! Das ist ganz schön lange!", kam es von der ersten Seele.

„Ja. Bis dahin hatte ich es schon mal geschafft", lächelte die andere. „Also da, wo ich in dem Alter lebte, war es so viel schlimmer als in dem Wolfsrudel, in das ich in irgend einem Leben zuvor hineingeboren worden war. Menschen haben so viele Dinge, mit denen sie sich vom Leben ablenken und die mit dem Leben eigentlich gar nichts zu tun haben. Als ob sie sich selbst und auch einander gar nicht richtig mögen und immer etwas anderes brauchen.

Ständig gucken sie in irgendwelche Kästen und tun Sachen, die nicht wichtig sind. Manches muss sein, weil sie sich ja ernähren müssen und so, aber in vielen Dingen sind alle Tiere viel schlauer, selbst die Amöben und die Quallen. Die kümmern sich nur um die wichtigen Dinge.

Ich hatte noch vier Geschwister in dieser furchtbaren letzten Familie. Drei von uns waren „angenommen", wie man das bei den Menschen nennt. Man hat auch andere Bezeichnungen dafür und ich weiß, dass es manche Pflegekinder, also Menschen, die von einer anderen Mutter geboren wurden als der, bei der sie leben, bei ihren neuen Eltern oftmals sehr, sehr gut haben.

Bei mir war es anders. Ich lebte in fünf verschiedenen Familien in dem einen Menschenleben. Die letzte Mutter versorgte uns gut und sie war auch gut zu mir. Aber sie hatte immer so ein Teil in der Hand, das sie die ganze Zeit ansehen musste und das ihre ganze Aufmerksamkeit forderte. Da blieb wenig Zeit für uns. Wir schienen sie immer zu stören und sie sah uns eigentlich nie an. Alles, was sie tat, war mehr motorisch, aber sie schlug mich nicht. Sie merkte auch nicht, was mein großer Bruder mit uns kleineren tat, im Kinderzimmer, oft in der Nacht.

Der Vater hatte auch so ein Ding und es war ganz ähnlich wie bei der Mutter. Nur schlug er so oft auf unsere Körper, auch auf den der Mutter, dass meiner kleineren Schwester die Zähne heraus fielen und einer meiner Brüder öfter im Krankenhaus sein musste. Das sind Gebäude, in denen die Körper wieder repariert werden. Ich hatte immer Angst. Manchmal schlug mich der Vater mit einem Stock und besonders gern in die Handflächen. Ich konnte dann viele Nächte vor Schmerzen nicht schlafen und der Bruder kam und ich sollte ihn doch anfassen und … ach, das war alles ganz schrecklich. Da habe ich nie Liebe gespürt, aber gelernt habe ich sehr viel, sehr viel."

„Das hört sich nicht gut an", meinte die erste Seele, die ganz blass gewesen wäre, hätte man sie sehen können. „Und wie ging es dann weiter?"

„Naja. Man weiß als Mensch ja nicht, was da noch alles kommt. Immer war ich traurig und ich hatte so viel Angst. Für mich war alles sinnlos und da war keine Hoffnung. Wenn dich niemand mag, du niemanden hast, der dich versteht, oder wenigstens bei dir ist, das ist wirklich schlimm. Lange Zeit war ich so verzweifelt und habe immer hin und her überlegt was ich machen soll. Keiner war da, dem ich mich hätte anvertrauen können und ich war so allein. Da habe ich meinen Körper zerstört. Ich hatte es vorher ein paar mal versucht. Das ist nicht so leicht, wie man vielleicht denkt. Schließlich hat es aber doch geklappt."

Die erste Seele konnte es nicht fassen.
„Was hast du?" Sie hatte schon davon gehört, dass es nicht immer schön ist in einem Menschenleben und dass manche Seelen das tun. Es wird nicht gern gesehen, weil es ein verschenktes Leben ist, aber es kommt wohl öfter vor, dass Seelen ihren Körper zerstören, wenn sie in einem Menschen stecken.

„Und hast du es bereut?"
„Ja. Hab' ich. Aber ich weiß, dass es so war, weil man als Mensch eben nichts weiß. Ich wusste nicht, dass ich noch glücklich geworden wäre, die Liebe kennengelernt hätte. In meinem

anfangs so traurigen Leben waren später Kinder geplant, mit einer lieben Frau. Drei Kinder. Stell dir vor! Da wäre Platz für drei von uns gewesen. Drei mal lernen und lieben und die hätten auch wieder Kinder bekommen und so weiter. Es ist also nicht gut, seinen Körper zu zerstören. Man muss durchhalten. Das weiß man leider erst, wenn man wieder zurück ist und in dem Buch liest, das für das Leben, das man zerstört hatte, bestimmt ist und in dem das ganze, eigentliche Leben aufgezeichnet ist."

„Und nun? Wartest du wieder auf einen Menschenkörper?"

„Mal sehen, was so kommt."

„Ha! Ich bin dran!", rief da ganz plötzlich die erste Seele und schlüpfte in ein gerade gezeugtes Menschenkind.

Unterschätze nicht die Geister

Die Halskette zu kaufen war der größte Fehler meines Lebens.

Nicht zum ersten mal musste ich auf einen Job nach Schottland. Ich arbeite weltweit. Wo immer sich eine Raffinerie, oder eine petrochemische Anlage befindet, bin ich vermutlich gewesen. Saudi-Arabien, Katar, Abu Dhabi, Indien, Algerien, Russland, China, Texas - die Liste lässt sich fortsetzen. Vor allem bin ich in Großbritannien und oft in Schottland, wie auch in diesem schicksalhaften Frühwinter.

Es war Anfang Dezember, als ich auf dem Airport von Aberdeen meinen Mietwagen abholte, um mich in Dunkelheit und bei prasselndem Regen auf die gut fünfunddreißig Meilen zu meinem Hotel in Peterhead zu begeben.

Aufgrund einer sich anbahnenden Erkältung fühlte ich mich schlapp und war müde und dann stellte sich auch noch eine Straßensperrung nach der anderen ein. Mit den vielen Kreis-verkehren - es kommt vor, dass gleich vier direkt hinterein-anderliegen - komme ich normalerweise spielend klar, doch in dieser stockfinsteren Nacht war alles anders. So viele Aus-fahrten fand ich geschlossen und unzählige Umleitungen führten um Baustellen, sodass selbst das Navi verrückt spielte.

Die Scheibenwischer rasten über die Windschutzscheibe. Das Scheinwerferlicht schien von der Dunkelheit verschlungen zu werden. Eigentlich sollte es eine einfache Strecke sein. Ich war hier auch nicht zum ersten mal, doch Fieber, Kopfschmerzen und „Bitte wenden Sie" zehrten an meinen Nerven. Mit ver-spanntem Nacken umklammerte ich das Lenkrad. Die A90 wäre der kürzeste Weg gewesen, wenn ich sie denn gefunden hätte. So hastete ich durch die Wildnis und wollte einfach nur Kilo-meter hinter mich bringen, immer auf die Ankunftszeit achtend, die mir das Navi anzeigte und die sich hätte verringern sollen, wenn ich irgendwann mein Ziel erreichen wollte.

Bis heute weiß ich nicht, ob ich den Bruchteil einer Sekunde eingenickt war, oder nur zum Navi gesehen hatte. Urplötzlich tauchte eine Gestalt vor mir auf. Eine Frau? Ihr helles, erschrockenes Gesicht war unversehens im Kegel meines Fernlichts aufgetaucht. Sie schien von rechts gekommen zu sein. Es rumste kurz, als ich schockiert feststellte, dass sich mein Wagen auf der falschen Straßenseite befand.
„Shit!", schrie ich laut und bremste ab.

Meine Hand hätte ich dafür ins Feuer gelegt, dass ich nie im Leben reagieren würde, wie ich es jetzt tat. Ich kniff die brennenden Augen zusammen und sah in den Rückspiegel. Nichts. Es hätte nicht dunkler sein können. Ich stand mitten in der Einöde. Kein Haus war weit und breit zu sehen. Wind und Nässe peitschen mir ins Gesicht, als ich das Fenster herunterließ. Dem Navi nach waren es noch ein paar Meilen bis zu meinem Ziel, der kleinen Stadt Peterhead.

Der Regen wehte herein, ansonsten war da nur Stille.
Hatte ich mir das gerade eingebildet?
Da war doch gar nichts passiert. Ich war so müde. Im Fieberwahn können Visionen auftreten. Am liebsten wollte ich meinen Kopf auf das Lenkrad legen. Nur einen Moment ausruhen. Aber hier konnte ich nicht bleiben. Mein Hotelzimmer mit einem frischen, sauberen Bett, wartete auf mich.
Der Stoß war doch viel zu sachte, als dass ich jemanden hätte umgefahren haben können. Damals, der Hirsch, das hatte ganz anders gekracht.

Ich lauschte ein weiteres mal in die Dunkelheit, schüttelte mich fröstelnd und suchte nach einem Tuch, um mir das Wasser vom Gesicht zu wischen. Dann ließ ich die Scheibe wieder hoch. Noch immer war kein Auto zu sehen, kein Licht, niemand. Eine schreckliche Nacht!

Mit gespitzten Fingern fuhr ich mir durch die Haare, ließ meinen Kopf ein paar mal kreisen. Im Nacken knackte es.

Die frische Luft, das kalte Regenwasser und das trocken geriebene Gesicht hatten meine Lebensgeister nur schwach wecken können. Fast fielen mir die Augen zu.

Wie das eiskalte Händchen, abgekoppelt von seinem Körper, drehte meine Rechte den Schlüssel im Zündschloss um. Der Motor sprang an.

Alles war wie immer. Was hinter mir war, zählte nicht. Und los ging's! Leere und nichts als ein dumpfes Pochen in meinem Kopf. Wie paralysiert fuhr ich den Wagen ganz langsam an. Er wurde schneller und schon kurze Zeit später kam es mir vor, als wäre gar nichts gewesen.

In den Tagen nach meiner Ankunft schlich sich hin und wieder dieses fahle Gesicht in meine Gedanken, doch die Erinnerung verblasste allmählich, zumal am Auto fast nichts zu sehen war. Die paar Schrammen, eine kleine Delle, das hätte schon da gewesen sein können. Bei Übergabe des Mietwagens hatte ich sowieso nicht genau darauf geachtet. Es war schon dunkel gewesen und der Mitarbeiter der Vermietungsfirma war beim Prüfen mit seiner Taschenlampe nur nachlässig vorgegangen.

Schließlich vergaß ich das Vorkommnis vorläufig ganz.

Etwa ein Jahr später landete ich ein weiteres mal auf dem Flughafen in Aberdeen und trat meinen Weg gen Norden nach Peterhead an. Trügerische Bilder stellten sich ein und ich war froh, dass von dem, was sich im letzten Jahr hier zugetragen haben mochte, nichts nachgekommen war. Schon war ich wieder ganz sicher, dass ich mir alles nur eingebildet hatte.

Vermutlich hatte mich die Erkältung damals so sehr im Griff, dass ich in der Schwärze der Nacht ein Opfer von Illusionen geworden war. Wenn sich damals tatsächlich eine Frau auf der Straße befunden hatte, war sie vielleicht betrunken gewesen und meinte ihre Tasche gegen das Auto schleudern zu müssen. So hatte ich es auch dem Mietwagenverleiher berichtet, als er nach der kleinen Beule fragte. Betrunkene Frauen gibt es nicht selten vor den Pubs.

Die erste Woche arbeitete ich auf Nachtschicht und konnte so einen Teil meiner Tagesfreizeit nutzen, um nach einem Geschenk für meine liebe Frau Madeleine Ausschau zu halten, die mich schon bald hier besuchen wollte. Sie war immer gern in Schottland, besonders hier in der Gegend und da unser fünfzehnter Hochzeitstag bevorstand, wollten wir diesen zusammen verbringen.

Es waren nur wenige Schritte vom Hotel bis ins Town Center, mit ein paar netten Geschäften und siehe da, in einem der kleinen Charity Shops fiel mir eine entzückende Silberkette ins Auge. Die würde ihr wunderbar stehen, und sie glitzerte. Das war eigentlich schon genug, um ihr zu gefallen. Die Kette hatte einen außergewöhnlichen Anhänger mit ein paar eingearbeiteten Glas- oder vielleicht sogar Diamantsplittern. Genau nach ihrem Geschmack!

„Wunderschön, nicht wahr?" Die Verkäuferin, eine der typischen, etwas älteren Damen, die sich gern für die Cancer- oder die Heart Foundation nützlich machen und in den Shops tätig sind, hielt die Kette verträumt in der Handfläche. Sie ließ sie zwischen ihre knöcherigen Finger gleiten und sah sich den Anhänger an. Fast hatte ich die Befürchtung, sie würde sie lieber selbst behalten wollen.

„Ja. Sie ist wirklich sehr schön. Sie wird meiner Frau gefallen." Ich nickte ihr ermunternd zu und hoffte, dass das Kettchen alsbald in meinen Besitz übergehen würde. Die Verkäuferin sah zu mir hoch und mir schien, als hätte ich Tränen in ihren Augen gesehen.

„Für Ihre Frau", sagte sie leise und lächelte. „Wie alt ist Ihre Frau?"

„Sie wird einundvierzig in ein paar Monaten. Wir haben unseren fünfzehnten Hochzeitstag. Die Kette wird mein Geschenk sein. Sie liebt Silber, besonders wenn es so schön funkelt."

Die Dame atmete tief ein und aus, während sie die Kette vorsichtig in eine Schachtel legte.

„Darf ich vielleicht auch noch fragen, wie Ihre Frau heißt?"

„Oh Mann. Was denn noch?', dachte ich bei mir, blieb aber freundlich.

„Ja sicher dürfen Sie fragen. Ihr Name ist Madeleine."
„Madeleine. Was für ein schöner Name. Französisch."
Jetzt hatte sie wirklich Tränen in den Augen. Sie nickte und verschloss das Kästchen. Ich wollte schnell weg. Diese alten Damen haben manchmal nah am Wasser gebaut.

Zufrieden mit dem hübschen Kleinod verließ ich das Geschäft wieder.
Dass auf der Rückseite des Anhängers die Buchstaben MB eingraviert waren, bemerkte ich erst im Hotel, als ich meine Lesebrille aufsetzte. Ich hatte die Prägung für Zahlen gehalten, die das Metall als Silber kennzeichneten.

Schon bald holte ich meine Liebste vom Flughafen ab. Es war Sonntag, mein freier und gleichzeitig unser Hochzeitstag. Sie war schon gegen Mittag angekommen und wir verbrachten den Nachmittag in einem süßen Tearoom, bei Scones, Clotted Cream und Erdbeermarmelade sowie einem guten Pott Tee.
Wie ich erwartet hatte, gefiel ihr die Kette so sehr, dass sie sie gleich um den Hals wand, verschloss und von nun an nicht mehr ablegte.

Am nächsten Morgen musste ich schon früh los zur Arbeit. Madeleine hatte den Mietwagen und würde die Tage mit Touren in die Gegend verbringen. Meist suchte sie sich Ziele, wie Steinkreise, Schlossruinen, oder alte Grabstätten und durchquerte die wilde, ländliche Gegend, um Dinge aufzustöbern, von denen manch Anwohner noch nicht einmal wusste, dass es sie gab. Ich befürchtete, dass Maddi, wie ich sie meist nannte, eines Tages auf ihren Wanderungen mit einem Wildschwein aneinandergeraten könnte, doch belehrte sie mich, dass es in Schottland schon lange keine wildlebenden Wildschweine mehr gab.
Am liebsten fuhr sie zum Lighthousemuseum am Kinnaird Head in Frazerburgh, dem ein fantastisches Teestübchen über dem Meer angehörte. Ein mal hatte ich sie dort hin begleitet und sie schwärmte oft davon, auch wenn wir zu Hause waren. Made-

leine fühlte sich dort wie in einem kuscheligen Nest mit einer breiten Glasfront und weitem Blick über die See. Minkwale konnte man von den gemütlichen Tearoomtischen aus beobachten. Oft schwammen Seehunde auf der Suche nach Futter die Küste entlang. Jeden Tag kamen die gleichen Fischerboote vorbei und Segler, vor allem im Sommer. Meine Frau liebte es, das Erlebte und ihre Gedanken in Tagebüchern niederzuschreiben. Oft legte sie gepresste Pflanzen, Blätter, oder andere Dinge zur Erinnerung bei.

Heute sitze ich so manche schlaflose Nacht und lese in ihren Notizen von damals.

Am Mittwoch nach unserem Hochzeitstag hatte ich zum Feierabend gesehen, dass eine Nachricht auf meiner Mailbox war. Ich sollte eine Aberdeener Nummer anrufen und es stellte sich heraus, dass es sich dabei um die Aberdeen Royal Infirmery, das größte Krankenhaus der Gegend, handelte.

Meine Frau hatte einen Unfall gehabt und ich sollte sogleich nach Aberdeen kommen. Mehr wollte man mir nicht mitteilen. Ich war außer mir und fuhr los, ohne mich umgezogen, oder geduscht zu haben. Und das war gut so.

Madeleine lag in einem Einzelzimmer auf der Intensivstation, an Schläuchen und Kathetern. Sie war voller Blut, die rechte Gesichtshälfte blau angelaufen und geschwollen. Ihr Kopf war in einem Gestell verankert worden. Ich setzte mich sogleich zu ihr und nahm vorsichtig ihre Hand.

„Oh Gott Schatz." Sie war bei Bewusstsein, schien aber sehr schwach. Tränen rannen aus ihren Augen, als sie versuchte, mich anzusehen. Auf einem Monitor bewegten sich mehrere unregelmäßige Linien.

„Es tut mir so leid", flüsterte sie und jetzt kamen auch mir die Tränen.

„Schatz ...", mehr konnte ich nicht von mir geben. Sie sah einfach so fürchterlich zugerichtet aus. Was sollte ich ihr sagen? Was sagt man in so einem Moment? Ich hätte sie am liebsten in den Arm genommen und an mich gedrückt, doch das war völlig unmöglich. Mit beiden Händen umfasste ich ihren Unterarm, ganz vorsichtig, und legte meine Wange an ihre warme Haut, küsste die blutige Kruste darauf.

Sie schien mir etwas mitteilen zu wollen. Zuerst verstand ich nicht. Sie gab sich große Mühe.

„Was ist mit der Frau?"

Von wem sprach sie? Hatte Maddi nach einer Frau gefragt?

„Meinst du die Schwester? Soll ich sie holen?"

„Nein." Ihr Atem rasselte und sie begann zu husten, was offensichtlich mehr Schmerzen verursachte, denn sie verzog das Gesicht.

„Haben sie dir kein Schmerzmittel gegeben? Ich rufe gleich die Schwester."

„Nein. Nein, nicht die Schwester. Ich meine doch die Frau, die im Auto war."

„Eine Frau die im Auto war? Bei dir im Auto? Eine Frau, Maddi?"

Von wem redete sie? Mit ihrer Wahrnehmung konnte etwas nicht stimmen. Sie kannte doch hier niemanden und soweit der Arzt wusste, war an ihrem Unfall kein weiteres Auto beteiligt und sie allein im Wagen gewesen.

Fantasierte sie vielleicht? Hatte sie Fehlerinnerungen? Was sollte ich tun?

Langsam und stockend kamen die Worte aus ihrem Mund:

„Die … per Anhalter."

„Hattest du jemanden mitgenommen? Per Anhalter?", fragte ich ungläubig. Da sie nicht nicken konnte, bedeutete mir Maddi mit den Augen, dass ich richtig lag.

Davon hatte mir niemand etwas gesagt. Sie musste sich irren. Meine Frau soll allein im Auto gewesen sein. Oder wusste es nur niemand? War der anderen vielleicht nichts passiert? Hatte sie einen Schock und lief noch irgendwo durch die Gegend? Im Angesicht des nahenden Todes meiner Frau war mir das gerade ziemlich egal.

„Liebling", säuselte ich. „Schatz, da war keine Frau. Du warst allein im Auto. Und wenn doch ist sie vermutlich unverletzt."

Entgeistert sah Madeleine mir ins Gesicht.

„Bitte Maddi. Reg dich nicht auf."

Ich hatte Angst um sie und streichelte ihre Hand.

Ihr Atem ging schnell und schwer und rasselte als sie erstaunlich klar fortfuhr: „Aber die Frau war doch schuld! Hat erst gelächelt und ist dann böse geworden, als sie neben mir saß. Die Halskette würde ihr gehören."

„Bitte reg dich nicht auf. Bleib ruhig liegen." Doch Madeleine hatte die Augen weit aufgerissen.

„Ich will nicht und doch spüre ich es. Ich werde sterben. Sie war es. Sie! Neben mir im Auto. Sie wollte meinen Kettenanhänger sehen und ... in ihrer Hand ... und ... die Initialen. Auf einmal war sie so böse. So wütend und boshaft! Ah! Weil es ihre Halskette war!"

Die Situation war irreal. Meine Arbeitskleidung, das Krankenhaus, ein Unfall, meine völlig aufgelöste Frau. Heute früh war doch alles noch in Ordnung! Und was redete sie da bloß?

Ich konnte kaum folgen. Der hübsche Anhänger. Die Initialen MB. Eine Erinnerung meldete sich bei mir.

„Das kann doch gar nicht sein", flüsterte ich.

„Wo hattest du sie her, wenn eine Verrückte sie mir wieder abnehmen will? Sie hat ... hat mir die Kette vom Hals gerissen!"

Meine Frau war außer sich, was ihren Zustand verschlechterte. Sie weinte und stöhnte. Blut lief aus ihrem Ohr und doch fing sie fast an zu schreien.

Niemand vom Personal schien in unserer Nähe.

„Warum glaubst du mir nicht? Sie kannte die Buchstaben und sagte, ihr Name ... ihr Name ... ihr Name sei Mary Baxter und ... die Kette ihr Eigentum!"

Erschrocken, konfus und voller Angst sah ich mich um und Madeleine wurde noch unruhiger und rief verzweifelt:

„You are wearing my silver-neclace! You are wearing my silverneclace! Das hat sie gesagt!" Madeleine schloss die Augen und wurde schlagartig ruhiger. Ihr Körper verlor jede Anspannung. Jetzt flüsterte sie nur noch. Mit letzter Kraft. „Es hat so in den Hals geschnitten. So weh getan. Die Frau."

Den letzten Teil des Satzes konnte ich kaum noch hören. Ganz leise verließ Maddy diese Welt: „Mary Baxter. Mary BBBaxter."

Die letzten Worte, die ich von meiner geliebten Frau hörte, waren Vor- und Nachname einer Fremden.

Die Halskette war nirgends auffindbar. Als ich Maddy's Sachen nach ihrem Tod entgegennahm, waren Ringe, Uhr und beide Ohrringe dabei. Das war alles.
Vermutlich hätte ich mich nicht weiter darum gekümmert, hätten nicht Madeleines letzte Worte mit dem silbernen Schmuckstück in Zusammenhang gestanden. Mary Baxter.

Im Krankenhaus konnte mit diesem Namen niemand etwas anfangen und weder war eine weitere Person in dem Unglücksauto gewesen, noch mit Madeleine zusammen eingeliefert worden.
Wenn es da etwas gab, wollte ich dem auf den Grund gehen. War ich das meiner Frau nicht schuldig? Das Schmuckstück war schließlich mein Geschenk gewesen. Selbst, wenn man all das Gesagte ihrer verletzten Fantasie zuschreiben konnte, ihre letzten Minuten galten dem zarten, silbernen Kollier, das seltsamer Weise nicht auffindbar war.
Und wie Madeleine behauptet hatte, wurde ihr die Halskette von der anderen - von Mary Baxter - vom Hals gerissen. War sie eine Diebin? Wo war diese Frau jetzt? Das würde ich doch niemals herausfinden, wenn ich der einzige war, der etwas von der Unbekannten zu wissen glaubte.
Wie kam diese Person nur darauf, dass das silberne Accessoire ihr gehörte?

Der einzige Anhaltspunkt, der mir blieb, war der Charity Shop, in welchem ich die Kette gekauft hatte. Obwohl unwahrscheinlich, dass man dort genau wusste, woher die Spenden kamen, könnte dies der einzige Hinweis auf die Vergangenheit des Schmuckstückes sein.
Einige Zeit später machte ich mich auf den Weg in das Geschäft in Peterhead. Es war viel Betrieb in dem hell erleuchteten Laden in der Innenstadt. Schuhe wurden anprobiert, ein Mann inspizeirte die CD´s, Frauen durchforsteten die Kleiderständer.

Die alte Dame, welche mir die Kette verkauft hatte, war nicht dort.

„Sie meinen bestimmt Mrs. Young", bemerkte die nette junge Frau, welche hinter dem Tresen stand.

„Der Beschreibung nach zu urteilen muss sie es gewesen sein. Sie ist aber nicht mehr bei uns."

Ich sah den Namen „Karen Miller" auf dem Namensschild, das die Verkäuferin trug.

„Ja, Miss Miller. Ich meine bestimmt die von Ihnen beschriebene Mrs. Young. Finde ich sie irgendwo? Haben Sie vielleicht ihre Telefonnummer? Oder, können Sie mir sagen, woher ein Schmuckstück stammt, das ich bei Ihnen gekauft habe? Eine silberne Halskette."

„Mrs. Young war nur ein paar Monate hier tätig, bis all die Sachen verkauft waren, die ihrer Tochter gehörten. Sie wollte selbst sehen in wessen Hände ihr Nachlass ging. Ansonsten weiß ich nicht, ob sich herausbekommen lässt, wer genau die Artikel, die wir hier verkaufen, abgegeben hat. Ich glaube kaum."

„Ihr Nachlass? Sagten Sie etwas von, von dem Nachlass ihrer Tochter?"

Die junge Verkäuferin schien zu überlegen. Die Glocke am Eingang ertönte. Ein paar Leute betraten das Geschäft.

„Ja. Die Tochter von Mrs. Young war bei einem Verkehrsunfall um's Leben gekommen. Ganz schrecklich. Die einzige Tochter. Und von vielen ihrer Sachen musste sich Mrs. Young trennen. Sie mochte die vielen persönlichen Dinge, Schmuck, Kleidungs-stücke und anderes aber nicht so anonym hier abgeben, wie viele das tun. Sie wollte alles den neuen Besitzern selbst in die Hand geben. Jedes mal ein kleiner Abschied."

Karen schien betroffen.

Ein Verkehrsunfall? Die Tochter. Die Tränen der alten Mrs. Young. Ihre Fragen. Bilder in meinem Kopf. Eine dunkle Dezember-nacht, Regen, Scheibenwischer, eine Frau im Scheinwerferlicht. Der Aufprall.

„Ein Unfall? Wie traurig. Wann denn? Und wo ist das gewesen?"

„Ich weiß nicht genau. Letztes Jahr auf jeden Fall. Ja genau. Im Dezember. Es war vor Weihnachten." Kopfschüttelnd presste sie ihre Lippen zu einem schmalen Strich zusammen, zog die Augenbrauen hoch und atmete tief durch.

„Wissen Sie auch wo das passiert war?" Ich musste aufpassen was ich sagte.

„Das war nicht weit von hier. Auf dem Weg nach Aberdeen glaube ich, oder zumindest die Richtung. Sie hatte vermutlich eine Autopanne gehabt und es war schon dunkel. Diese verdammten, unbeleuchteten Straßen, so abseits von den großen Verkehrswegen. Jemand muss sie überfahren haben. Vielleicht stand sie auf der Straße. Und dann Fahrerflucht. Schrecklich so etwas!"

Oh mein Gott. Fahrerflucht, hier in der Nähe, im Dezember, im Dunkeln, vor Peterhead irgendwo.

Ich schluckte.

„Sagen Sie, der Name der alten Dame war ganz sicher Young?"

„Jaja. Mrs. Young. Ich kann nachschauen, ob ich hinten ihre Adresse habe, oder zumindest die Telefonnummer. Hier häuft sich immer einiges an. Wir schmeißen ja nichts weg."

Lächelnd legte sie ein paar Sachen zurück ins Regal, die jemand durcheinandergebracht und über einen Ständer gehängt hatte.

„Mrs. Young. Dann trug die Tochter den gleichen Nachnamen?"

Karen wandte sich mir verwundert zu. „Wieso wollen Sie das eigentlich alles wissen?"

Ich musste wirklich vorsichtig sein, wollte ich mich nicht verdächtig machen.

„Ach, nur, weil ich die Kette meiner Frau geschenkt habe und wir wollten gern wissen, woher sie eigentlich kommt."

„Hm. Ungewöhnlich. Wenn die Leute jetzt auch noch wissen wollen wie die Vorbesitzer der Sachen hier heißen. Ich glaube, das dürften wir gar nicht verraten, selbst wenn wir's wüssten. Nur bei Mrs. Young, ich meine, bei den Sachen, da weiß ich es halt. Ich habe selbst ein paar Ohrringe von ihr. Nur, ob die Kette von ihrer Tochter war, das weiß ich jetzt natürlich nicht."

115

„Wie hieß die Tochter denn? Es ist ja eine Gravur in dem silbernen Anhänger."

„Ach ja? Eine Gravur? Warten Sie mal. Sagen Sie nichts. Ich überlege. Mrs. Young hat oft von ihr gesprochen. Naja, das einzige Kind eben. Aber sie war verheiratet. Sie hieß nicht mehr Young."

Ich wurde fast verrückt, als sich die Verkäuferin von mir abwandte, um zu kassieren, doch wollte ich mir meine Erregung nicht anmerken lassen. Am liebsten hätte ich gebrüllt und alle aus dem Laden geschmissen. Doch der jungen Dame war der Faden nicht verloren gegangen und sie sprach nahtlos weiter.

„Mary hieß sie. Jetzt weiß ich es wieder. Mary. Sehr traurig so etwas. Sie soll die ganze Nacht an der Straße gelegen haben bis sie im Morgengrauen endlich jemand fand. Da war sie schon tot, aber noch nicht lange. Tja. Mieser Typ dieser Unfallfahrer. Vermutlich hätte er sie retten können."

Wieder musste sie kassieren und ich konnte mich kaum noch zusammennehmen. Die Kunden sahen mich bereits betroffen an. Mir war inzwischen fast egal, was man von mir dachte.

„Bitte überlegen Sie. Wie war der Nachname? Mary ... Mary .... Etwas mit dem Anfangsbuchstaben B müsste es gewesen sein."

„Ah, Sie meinen wegen der Gravur. Hm, lassen Sie mich nachdenken. Mit einem B."

Hilfsbereit hinterfragte die Verkäuferin nichts mehr und grübelte mit ausgeprägter Mimik.

Die anwesenden Kunden hatten meine Erregung bemerkt und mischten sich in unser Gespräch.

Ein älterer Herr rief aus der Umkleidekabine: „Hieß sie vielleicht Bullock? Barlow? Branson?", was nur ein Kopfschütteln bei der Adressatin auslöste.

„Brown, oder Beckham?", fragte die Frau neben mir.

Inzwischen stand im Laden alles still und jede und jeder suchte nach einem Namen mit dem Anfangsbuchstaben B.

„Baker!", kam es von ganz hinten.

„Bridges! Buffet!" Die Anteilnahme war groß.

„Moment, ich hab' es gleich. Baker, Baker, nein, nicht Baker." Man sah, wie es in Karen Millers Kopf arbeitete und ich hoffte inständig, dass ihr der Name sogleich aus einem Winkel ihres Gehirns auf die Zunge purzeln würde. Aufmerksame Stille im ganzen Laden. Niemand bewegte sich.

Ich wurde langsam ruhiger, obwohl mein Herz klopfte wie wild. Sie würde den Namen sagen. Den Namen, den ich gehört hatte. Die letzten Worte meiner geliebten Madeleine.

„Ah! Ich hab's!" Ein erleichtertes Lächeln zog über das Gesicht der Frau und ich hielt die Luft an.

„Mannomann! Das nervt so, wenn einem so etwas nicht einfällt."

Die Frau neben mir nickte gespannt und verdrehte die Augen.

„Ja. Das nagt richtig an einem."

Karen Miller pustete mit dicken Wangen Luft aus sich heraus.

„Das macht mich immer ganz verrückt. Ich hätte heute Nacht nicht schlafen können, wenn mir das jetzt nicht eingefallen wäre!" Alle lauschten.

„Sie hieß Baxter! Mary Baxter!"

Mary Baxter. MB.

Na klar. Der Name landete wie eine Faust in meinem Bauch. Die Aufregung schlug um in Übelkeit. Mein Herz hämmerte und mir wurde schwarz vor Augen.

Um ganz sicherzugehen, hätte ich weitere Erkundigungen über die Umstände um den Tod der jungen Schottin einholen können, wenn ich mich damit nicht verdächtig gemacht hätte.

Vielleicht werde ich es eines Tages tun.

Bis dahin bleibe ich hier und fahre jeden Tag immer wieder die Strecke vom Flughafen Aberdeen nach Peterhead. Ich lasse keine noch so kleine Straße aus und bin mit Vorliebe in den dunklen Stunden der Nacht unterwegs, aus tiefstem Herzen hoffend, dass sich Mary Baxter auch mir noch einmal zeigen wird.

Gutenachtgeschichte

Auf haarigen Beinen bewegt er sich sanft durch die Schatten,
die die sterbende Sonne bereit ist noch zu spenden. Dem, der
sich in ihnen vorbei stiehlt, vorbei an den glückseligen Toten des
Tages.
Er hält Ausschau nach einem willigen Opfer und ahnt, dass es
schon längst zitternd
in seinem Bett auf ihn wartet.

Er liebt die Angst. Er sucht nach ihr. In der Dunkelheit findet er
sie oft.
Nicht zu hören, nicht zu sehen, leichter als der Schatten und
leiser als der Tod.

Eine Bewegung in der dunklen Zimmerecke. Erstarrt lausche ich.

Es gibt nichts, das ich tun kann und mir wird klar, welch Gräuel
mich erwarten.

Heute wird mich der Spinnenmann zu seinem Nachtmahl
machen.

Still lacht er. Er sieht mich schon, dreht den Kopf nach links und
rechts.

Ich schwitze, ziehe die Bettdecke höher. Und das Grauen kommt
leise näher.

Schnell ist er, flinker als eine Fliege, sanfter als ein Vogelkind
und blitzschnell gesprungen ans Fußende meines Bettes.

Oh Herr, rette mich.

Acht lange, pelzige Beine.

Schon ist er über mir.

Ich sehe seine Augen nicht, nur schwarze, blanke Löcher.

Er schlingt die Glieder um mich, seine Zunge in meinem Gesicht.

Die Kauwerkzeuge malmen, als spreche er zu mir.

Oh Herrgott!

„Sei still jetzt und unbesorgt. Lieg' ruhig, mein lieber Junge.
Entspann dich und atme ganz sacht.

Wehre dich nicht, ich liebe dich sonst nur umso mehr, du
wundervolles Geschöpf."

Längst ist es zu spät das Licht anzuschalten, zu spät zu
entkommen, die Zeit anzuhalten.
Zu spät, zu spät.
„Lieg' still Wunderkind. Ich küsse dich nur …"

Die Zeit, sie verrinnt.

Mir ist so heiß in seinem Arm, der Schmerz so groß, das Blut so
warm.
Die Luft davon, das Herz so still, er liebt mich kurz.

Ich war einmal.

[1] http://ghostpubs.com/haunted-pub/the-red-lion-avebury und
https://www.hauntedrooms.co.uk/most-haunted-places-in-wiltshire

[2] https://nanitoundseinewelt.jimdofree.com/b%C3%A4ume-sind-freunde/

[3] http://www.meinholzschmuck.de/ihre-bedeutung-1.html

[4] https://www.miss.at/keltisches-horoskop-seelenbaum/